思い出牡蠣《かき》の昆布舟

はるの味だより

佐々木禎子

時代小説文庫

角川春樹事務所

目次

第一章　心馴染ませる椎茸の佃煮

秋の風が耳に冷たい。

大川《おおかわ》の水面《みなも》が三角に光っている。舳《へ》先《さき》が尖った猪牙舟《ちょきぶね》が丸みを帯びてそりあがった大川橋の下をくぐり抜け、するするとあちらこちらを行き来する。川の対岸は向島《むこうじま》。春先には開花した桜の花が川辺を染め上げ夢のように美しいが、いまは赤く染まった葉が揺れてこれはこれでまた見事な様子だ。

文政《ぶんせい》六（一八二三）年。神無月《かんなづき》。

大きな戦のない太平の世となって久しい。

質素倹約を旨とした老中松平定信《まつだいらさだのぶ》が退いて後、文化と娯楽、贅沢《ぜいたく》を楽しむことを人びとが良しとしはじめた時代であった。

人の行き交う大通りを荷物を背負い、物珍しげに見渡しながら歩いている娘の名は、はるという。年は二十二歳。けれど未婚のため歯は白く、眉《まゆ》もある。おまけに、継ぎだらけの着物は裾《すそ》をからげなくても外を歩けるくらいの丈の短さで、裾や袖《そで》から、わずかばかりに手や足がはみ出している。そのせいもあって本当の年より幼く見えた。

はるの案内をする三十路《みそじ》手前の男は彦三郎《ひこさぶろう》。綿の入った茶色のよろけ縞《じま》の着物を着て、はるの少し前をすいすいと軽い足どりで歩いている。

「おまえさん、江戸に出て、なにがしたいっていうわけでもないんだろう」

彦三郎が振り返って、はるに問う。

町絵師だという彦三郎は絵筆を手にとるときだけはしゃっきりとしているが、だいたいのときは眠たげにぼんやりしている。

「いえ。したいことは決まってます。行方《ゆくえ》知れずになった兄の寅吉《とらきち》を捜すことです」

「ああ、そりゃあ知ってるよ。あんまり必死に頼み込むからこうしておまえさんを下総《しもうさ》から江戸まで連れてきてやったんじゃないか。そうじゃなくてさ。なにができるんだって聞いてるんだよ。これっていう取り柄があるのかい？　漠然と江戸に出てきたところでなんの仕事もしないままじゃあ、先行きは暗い」

決して冷たい言い方ではない。むしろ穏和でおおらかな声だった。

けれど問いつめるでもないふんわりとしたその物言いが、かえってはるの心にぐさりと刺さった。自分自身が内心で、はたして江戸に向かったところでなにができるだろうと不安に思っていたからだ。

はるは、小さく縮こまりそうになる気持ちを抑えつけ、精一杯胸を張る。学があるわけでもなければ、容姿も普通だ。人と比べて秀でたところがあるとは思えない。それに、若いわけでもない。

親族の家の呆《ほう》けた年寄りと病気がちの甥《おい》っ子の世話をまかされているうちに、気づいたら行き遅れと指をさされる年齢だ。それでも、尽くす相手がいるあいだはひたすら真面目《まじめ》にやっていればそれで充分だと思えていた。

が、年寄りは去年亡くなり、甥っ子は育つにつれ丈夫になっていまは畑の手伝いもはじめている。

ぎりぎりの生活だった。叔父や叔母は、はるを厄介払いしたいだなんて口にするような人ではない。それでも口減らしをしたいに違いないのは見てとれた。

だから、自分のぶんは工夫をし、野草や、捨てられた魚の骨を拾って食べていくような日々を過ごした。

もうそろそろ、はる自身が己のこの先の境遇について考えなければならないと思いつめていた。

自分になにができるのか。

「父親が生きていた頃《ころ》は薬売りの父に連れられてあちこちを歩いてまわりましたし、

父が亡くなってから預けられた親戚《しんせき》のうちでもずっと子守りや畑仕事をしておりました。身体《からだ》だけは丈夫ですから仕事は選びません。なんでも、やります。甘い考えなのだとしても、ただ頑張ることだけは得意です。真面目に生きていくことが得意です」

はるの言葉に、彦三郎がつくづく呆《あき》れたというように目を閉じて嘆息する。

「そりゃあ、実は一番聞きたくなかった言葉だよ。俺《おれ》が悪人でおまえさんをどこかに売り飛ばすつもりだったらどうするんだい。危なっかしい女だ」

彦三郎とはまだ出会ったばかりだが、そういうところがどうしたって悪人には見えやしないのだ。むしろお人好しで親切だ。

「ですが彦三郎さんのお描《か》きになった絵は、悪人の手のものとは思えませんでした。生き別れになった兄の姿を描いてくれた似姿は、そのままわたしに話しかけてくれるようで……あれを見たら、わたし、どうしても兄に会いたくなって。胸のここんとこがぎゅうっと痛くなって」

はるは胸元を片手でそっと押さえる。

十二歳のときに、はるは、ひとつ年上の兄と離ればなれになったのだ。

父親が亡くなってすぐに、兄は、はるだけを親戚に預け「俺は口入れ屋に頼んで奉公先を探す。その金で、はるのこと食わしてやってくれ」と頭を下げた。

置いていかないでと泣きじゃくるはるの頭を撫《な》でて「大丈夫。ちゃんと働いて金を送るよ。奉公先さえ見つかれば、藪入《やぶい》りには戻ってくるし、もう二度と会えないわけじゃないんだ」と、からからと笑ってくれた。

が――それきり、兄は行方知れずとなっていた。

以来、はるは兄の寅吉と会えないまま年を重ねた。

そんな記憶のなかにしかいなかった兄である。それが、彦三郎の描いてくれた絵のなかではちゃんと育った姿で「生きて」いた。

見た瞬間、はるの脳裏に兄の懐かしい声が響いたような気がした。鼻の奥がつんと痛くなって涙が滲《にじ》んだ。

「はるさんの兄さんは男前だからな。誰《だれ》が描いたって見映えがする」

「兄の絵だけじゃないですよ。彦三郎さんの描いてらした撫子《なでしこ》はとても可愛《かわい》らしくて、桔梗《ききょう》は凜《りん》として強かった。鈴虫の絵も、精一杯に鳴いているのが見てとれて、微笑《ほほえ》ましくて、愛《いと》おしくなって、こっちが笑顔になってしまうような愛嬌《あいきょう》があって」

ぐむ、と変な声をあげて彦三郎が片手で顔をひと撫でする。

「絵を誉《ほ》めるな。しかも痒《かゆ》いところに手が届く褒め方をするな。俺はすぐに調子に乗っちまうんだよ、そういうことをされると。そのせいでおまえさんを江戸まで連れてきちまった。だいたいはるさんは、さ」

「……はい。だいたい、わたしは？」

彦三郎の言葉をしっかりと聞こうと背筋をのばす。

すると、彦三郎の腹の虫がくぅと大きく鳴った。

なにかを言いかけた彦三郎がばつの悪い顔になる。

つい先刻四つ半（午前十一時）の鐘が鳴った。もう少しで昼飯時だ。

「彦三郎さん、わたし、糒《ほしいい》をまさかのときのために持参してます。あの……もしよかったら食べますか？　ひもじいと悲しい気持ちになりますから」

炊《た》いた米を笊《ざる》に薄く広げて天日で干した携行食で、幼いときに父がよく食べさせてくれた。沸かしたお湯でさっと戻せば柔らかく甘い米になる。水も火もないときはそのまま口に含んでじっくり嚙《か》みしめると口のなかで滋味がほどけていく。

大切なご馳走《ちそう》だ。

彦三郎は、はるを見返し小さく噴き出した。

「糒を荷物に入れて村を出たのかい？」

「はい。叔母に〝あんたが自分で作ったもんだから、好きなだけ、持っていってもかまわないよ〟と言ってもらえたので、それに甘えて」

ほんの少しだけ持ってきた。

「たしか、ぬか床の入った壺《つぼ》も背負っていたね？」

「はい。小さな壺ですから軽いんです」

「重さは聞いてないよ。梅干しの壺も持ってきているよな」

「はい」

「なんでまた？」

「なんでって……育ったぬか床を置いて出るなんて、もったいないからです。梅干しも去年は梅がたんとなったので上手に漬けて大事に食べていたものです。これさえあれば江戸でも美味《おい》しくご飯が食べられるはずだし病知らずになれると思って、叔父と叔母にお願いをして少しだけもらいうけて参りました」

「まあ、おまえさんはとにかく食いしん坊ってことは、この旅路でよーくわかった。野辺の草花を俺が描いている傍らで〝あれは食べられる〟とか〝こっちのは根に毒がある〟とか、そんな話ばかりしているし」

「……ごめんなさい」

小作人の暮らしは真面目にやれば生きてはいけるが、楽なものではない。何年か前にあった不作の年は、稗《ひえ》や粟《あわ》すらも売ってしまい、自分たちの食べるものが底を突いた。そのときは拾い集めた山の団栗《どんぐり》で餓《う》えを凌《しの》いだ。食べられる野草の識別は、はるにとっては生きていくための知恵である。

「別にあやまるようなことじゃないよ。亡くなった父親ってのが、よっぽど食べることが好きだったのかね」

「はい」

彦三郎がしみじみと、はるの顔を凝視する。

それから、ふいにはるの手をとって、着物の袖をぐいっと引き上げた。

「なんですかっ」

「ほら、日に焼けたところと、そうじゃないところの肌の色に、境目がある。もとの肌は白いんだよなあ、おまえさん」

いつのまにそんなところを見ていたのか。

「あ、悪いね。ちょっとばかり薄気味が悪かったかい」

彦三郎がぱっと手を放す。はるは触られた手を後ろに隠し、いたたまれなくなってうつむいた。

「はい……」

とはいえ、普通の男にそうされたならたしかに少し気味が悪いと思うだろうが、彦三郎の目つきにはいやらしさが微塵《みじん》もないものだから、嫌悪はさほどでもない。ただ、恥ずかしいと感じただけだ。

「そこで素直にうなずかれると、悲しいけどなあ。俺は絵師だからさ、そういうところもつい観察しちまうんだよなあ」

彦三郎は叱《しか》られた犬みたいにしゅんとした顔でぼそりと言う。情けない顔に愛嬌が滲むものだから、誰もがつい本気で怒りそびれる。彼はそういう類《たぐい》の、周囲から手心を加えられてしまう男なのである。

「はるさんは、肌のきめも細やかなんだ。よく見れば、かわいらしい。畑仕事をやめて月日がたてば、肌の色も変わっていくに違いないよ。垢抜《あかぬ》けないのも、江戸の水で磨いていけばぐっと色っぽく化けそうだ。おいおい、疑うような目つきをしなさんな。こっちはこれでも絵で食ってるんだ。人の容姿の目利きは得意だし、おまえさんの働き口を決めるためにに考えてるんだから……って、なんで笑うんだい」

「いいえ。誉めてくださってるようで、誉めてないなあと思って」

よく見ないと、かわいらしさに気づけない。いまは色黒だし垢抜けない。そう、きっぱり言いきっている。

彦三郎は、はっとした顔になり、「……すまん」と頭を掻《か》いた。結局、彼は善人で

だ。

茶屋娘の年齢は十三歳以下、もしくは四十歳以上と定められている。はるには無理
「でもわたしは二十二歳と、年がいっておりますから」

頭を掻きながら、彦三郎が続ける。

「茶屋娘あたりが妥当なんだけどなあ……」

正直者なのだ。

「それなんだよなあ……。だったらやっぱりあそこに頼むしかねぇよなあ。うん。そうしよう」

彦三郎は前を向く。

「はるさんは自分には真面目しか取り柄がないって言うけどね、料理を作ることと食べることは、そこそこの取り柄なんじゃないかと俺は思うんだよな」

はるの前を歩きだした彦三郎の言葉が、とぉーんと、はるの心にはまり込む。

「料理を作ることと、食べること、ですか」

たしかにはるは、そのふたつが好きだった。

しかし、修業もしていないし、女であるゆえに、包丁を握るのは諦《あきら》めている。

もしできるなら茶屋なり飯屋なりで、下足番でもなんでもいいから、下働きとして

雇ってもらえたらと願ってはいたのだけれど。

「道々考えてたんだよ。おまえさんにちょうどいい飯屋があるんだ。治兵衛《じへえ》さんっていう偏屈で子どもっぽい意地っ張りな爺《じい》さんが店主なんだ。とりあえずそこに向かう」

「はい。あの……」

「期待するなよ。料理番付にのってるような店じゃない。それでも店主が違った昔はね、いいところまでいけそうな時期があったんだ。旨《うま》い飯を安く食わせてくれる一膳《いちぜん》飯屋《めしや》でさ。なのに、いまはその逆の店になっちまってる」

「逆の？」

「まあ、行けばわかる」

彦三郎の足が速くなる。慌ててはるも早足になってついていく。

大川沿いの道は今戸町《いまどちょう》に近づくあたりで混み合いはじめ、前を向いて必死についていかないとはぐれてしまいそうである。それでもはるはついついふらふらとあたりに目を泳がせてしまうのだった。

はるがいままで見たことのない銀鼠《ぎんねず》の上質な着物の旦那《だんな》衆に、粋《いき》な鮫《さめ》小紋《こもん》を着こなした姐《ねえ》さんたちとすれ違う。誰もがみな、楽しげで、きらきらとした顔で歩いている。

さすがは江戸だと、はるはひとりで感心する。

どこまでいっても人の波。

いい加減、人に酔いそうになった頃合いで、浅草《あさくさ》東側の大川岸、花川戸《はなかわど》町《まち》に辿《たど》りつく。

浅草寺《せんそうじ》に炭や薪《まき》を運び込む木材揚げ場が近いこの町は活気に溢《あふ》れている。

交差路で右に曲がると浅草寺 雷 門《かみなりもん》の立つ広小路だ。彦三郎の背中から一瞬目を離し、ひょいっとつま先立って広小路を遠くまで見れば、ずいぶん先まで人の頭がぎゅうっと詰まって、のびている。

軒先に鉢植えを出しているのは、花屋だろうか。はるでもよく知る山茶花《さざんか》の鉢の横で、村では見たことのない色合いの大輪の立派な菊が咲いている。そういえばここところ江戸では朝顔をはじめとした園芸に皆が熱心だと聞いている。変わった花を咲かせたら、それがとても高値で売れるとかで、ちゃんとした店のご隠居さんにはじまってお武家さまから町人のおっかさんまで鉢植えの植物に大層夢中なのだとか。

左手に見える大川橋のこちら側には料理屋や薬種屋に問屋といくつもの店が軒を連ね、提灯《ちょうちん》や行灯《あんどん》に、立て看板が並んでいる。

圧倒されて立ち尽くしてしまったはるを彦三郎が見返した。

「はるさん」

「……はいっ」

慌てて返事をしたはるに軽くうなずき、彦三郎が一軒の店の暖簾《のれん》をくぐる。

暖簾の横には行灯の看板が下げられていた。

行灯の、四面のうちのひとつには『いちぜんめしや　なずな』の文字がある。その左側の面の紙は破れたのだろう。あきらかに他とは風合いの違う新しい紙がとってつけたように貼《は》りつけられている。そこにはひどく荒々しい字で『煮買い屋』と書いてあった。

他の面の書き文字は、はるからはよく見えない。

煮売り屋ならば知っているが、煮買い屋とはさてなんなのだろうと、はるは首を傾《かし》げた。

聞いたことはないが、きっと江戸ならではの店なのだろう。さすが江戸にはなんでもある。

「久しぶりに邪魔するよ」

間延びした彦三郎の声に呼応するかのように、店のなかから怒鳴り声が戻ってきた。

「無理して食えなんざ言ってないんだよ。まずいならお代はいらない。帰っておくれ！」

びりびりと空気が震える。

いらっしゃいませがないどころか、いきなり帰れと罵声《ばせい》を浴びて、はるは目を丸くした。

言い放ったのは恰幅《かっぷく》の良い初老の男だ。木綿の着物にぱりっと角帯を結び、白髪を銀杏髷《いちょうまげ》に結っている。眉間《みけん》に深いしわが刻まれて、口はへの字。整っていないわけではないのだが、いかんせん顔つきが怖い。

「待ってくれよ、治兵衛の旦那。まだ俺はなにひとつ食ってもいないぜ？　来たばっかりだ」

彦三郎がたじたじとなってそう言った。

ということはこの苦虫を奥歯で百匹くらい噛みつぶしていそうな男性が、治兵衛という店主であるらしい。

はるは、ふたりの顔を何往復か交互に見てから、店内の様子を眺め渡す。

店の奥には小上がりがあり、端に流しと竈《かまど》。竈の手前にしつらえた見世棚に料理を盛った皿がいくつか並んでいる。二階に上がる階段の下にある樽《たる》は、漬け物だろう。

小上がりの手前の床几《しょうぎ》に、四角い顔に団栗眼《まなこ》の男が座っている。男の前のお膳に載せられているのは茶碗《ちゃわん》に大盛りの白米に、里芋の煮転がしと、しめ鯖《さば》の皿だ。

「なんだよ。彦三郎かい。面倒なときに来やがったな。いまからあたしは喧嘩《けんか》をするんだから邪魔はしなさんな」

「そんな言い方する飯屋がどこにある」

「ここにある。いいかい、あんたたちが知ってる『なずな』はもうないんだよ。あたしがやってるこの店は『煮買い屋なずな』だ。いちいち味に文句をつけるんじゃないよ」

　治兵衛はぐるりと一同の顔を見渡した。

「だから煮買い屋なんて商売はねぇっていってるんだろう。ふらっと来た客に味の文句を言われて、売り言葉に買い言葉で『うちは煮売り屋でも一膳飯屋でもない、煮買い屋だ』ってしょうのない啖呵《たんか》を切っちまってそのまま後戻りできなくなったって聞いてるぜ。とっとと、もとの一膳飯屋に戻ったらどうだい」

　と床几に座る男がぼそりと返す。

「八《は》っつぁんの言うとおりだよ。煮売り屋ならあるが、煮買い屋なんて聞いたことたないよ」

　彦三郎が先客の男に加勢をした。

治兵衛の眉間のしわがさらに深く刻まれる。

「うるさいねぇ。あたしの商売はいつだって客の立場に立ってやってるんだ。客からしたら、ここにあるもんを〝買い〟に来てるだろう？　だから煮買い屋で合ってるのさ」

「どういう理屈でそうなるんだ」

彦三郎の言葉に、はるも内心で同意する。

「理屈なんてどうとでもなる。『煮買い屋』は江戸でここにしかないからね。言ったもん勝ちだ。買ってみて、いらないと言うならあんたたちは客じゃない。さ、客じゃないなら場所ふさぎだよ。もう、帰ってくんな」

事前に彦三郎に言われた通りに、たしかにこの店主は相当な偏屈者だ。

「わかった。客として買えばいいんだな。ここの料理を俺が買う。言い値で買うから好きにさせろ」

彦三郎がぐっと顔を上げて、言い切った。

「好きに、とは？」

いぶかしげに治兵衛が尋ねる。

「買ったもんにこっちで手を加えさせてもらうぜ」

「手を？」

「買った料理、美味しく食うための味つけやなんかはこっちでやらせてくれってことさ。流しと竈を借りるぜ。あとは材料も、あるやつは使わせてもらう」

「なんだって⁉　客に料理を作らせるなんて、そんな飯屋がどこにある」

「ここだよ！　あとな、もしそれで美味しいもんを俺たちが作ってみせたら、治兵衛さんから煮買い屋の名前も買い取らせてもらうぜ」

「名前を買い取るってどういうことだい」

「普通の一膳飯屋に戻ってもらうってことだ。行灯の看板も、後からひっつけた『煮買い屋』の紙は俺が引っ剝《ぱ》がす。道場破りみたいなもんだな」

「なにを言いたい放題好き勝手なことを」

「はあん？　俺たちに料理で負けるのが悔しくて、勝負に乗らずに尻尾《しっぽ》を巻いて逃げるってことかい」

睨《にら》みあう彦三郎と治兵衛を、八っつぁんと呼ばれた男が、四角い顔に笑顔を貼りつけて「おもしろくなってきたな」と腕組みをして眺めている。

「いいよ。そこまで言うなら、作ってごらんよ。どだい、彦三郎は絵以外のことはてんで駄目で、あたしよりもっと不器用なのは知ってるんだよ。料理なんてしたことないだろうに」

「俺が作るなんて誰が言った。作るのはね、この娘だよ」

彦三郎が、そこでいきなり、はるの肩をぎゅっとつかんで治兵衛の目の前に押しだした。

「え？　わたし……ですか？」

「ああ。好きに作ってくれ。俺はね、腹が減ってるんだ。できるだけちゃっちゃと手早く頼むぜ」

彦三郎の言葉に、はるは目を丸くする。

「でも……女が店で料理するなんて。わたしはうちで作るようなものしか、作れません」

普通の料理屋ならば板場に立つのは女ではない。客が金を払って飲み食いする料理は男が作るものなのだ。女は家庭で、家族に食べさせる日々の料理を作るくらいが精一杯。本当に美味しいものは男にしか作れないというのが世間の常識だ。

「いいんだよ。だってこの店は江戸でたったひとつの〝煮買い屋〟だっていうんだからさ。少しくらい常識はずれだってかまやしないよ」

彦三郎の言葉に、怒鳴り散らすかと思いきや、治兵衛はむっつりとした顔ではるを

じろじろと眺めまわして、

「どれ。だったら作ってみなさいよ」

と言ったのだった。


そんな不思議な流れで、はるは、竈の前に立っている。

彦三郎は治兵衛から「好きに使ってくれていい」と言質《げんち》を取ったものの、残りはすべて、はるまかせである。

治兵衛は閻魔《えんま》さまのような顔ではるを睨み、しかしどこからか前掛けと襷《たすき》を取りだし「これを使いな」とはるに手渡す。

「はい。ありがとうございます」

そういうところが、悪い人ではなさそうだ。

襷できゅっと着物の袖をまとめ、前掛けを使ってまわりを見る。

棚のまわりや流し場は整頓され、使い勝手がよさそうだ。布巾《ふきん》も清潔で、きちんと畳まれて置いてある。なのに、俎板《まないた》に載ったままの包丁が錆《さ》びついているのが、やけにちぐはぐだった。

はるの心には、なんでこんなことになったのかという戸惑いと——江戸にある豊富な材料を使って食事を作ることのできる高揚とが、同時に湧《わ》き上がっている。まさか江戸の料理屋で料理を作らせてもらえることがあるなんて、思ってもいなかった。

「あんた、はるさんっていうのかい」

四角い顔の男は、同心に使われている岡《おか》っ引《ぴ》きで、八兵衛《はちべえ》という名だと教えてくれた。

もっとも本業は羅宇屋《らうや》のほうで、それだけだと喰《く》えていけても遊ぶ金までまわらないからと、羅宇屋をしながら奉行所勤めの同心の下について捕り物の手伝いをしているそうだ。羅宇とは煙管《きせる》の吸い口と火皿とのあいだをつなぐための竹管の部分の名称だ。すぐにヤニでつまるから、しょっちゅう新品とすげかえないとならないらしい。

八兵衛は今日は羅宇屋の仕事の途中なのか、煙草《たばこ》や煙管のつまった箱が床几の横にぽんと置いてある。それを背負って町を歩いて商売をしてまわるのだという。

「はい」

はるが応じると、八兵衛がにっと笑ってはるに言う。

「はるさん、ついでに俺にもはるさんの料理を出してくれよ。よその料理屋でそんなことをしたら失礼千万《せんばん》ってもんかもしれねぇが、ここはなんせ『煮買い屋』だって店主が言い張ってるからな。客の立場に立つ店ならそういうことをしてもいいんだろう」

八兵衛の膳に並ぶ料理は見た目は充分に美味しそうだ。しかし茶碗から湯気がのぼっていないことが、気になった。炊きたての白米はそれだけでご馳走だというのに、飯屋に来て、冷めたご飯が出てくるのは少し寂しい。

「でもまだお料理が……」

「これは下げてくれ」

八兵衛が言い、治兵衛がいまにも怒鳴りだしそうに口をひん曲げてこちらを睨む。

「じゃあ、これは、わたしがいただきます。もったいないですから」

「え、おいらの残りもんだぜ？」

「ありがたいです。お腹《なか》すいてるんです、わたし」

言いきって、はるは、八兵衛の前から膳を下げる。

「なるほどな。敵の味を知らない限り、戦いには挑めないもんな」

と、彦三郎がなにやら良いように受け取って感心している。が、はるのこれは単に食べ物が粗末にされると胸が痛むというそれだけのものだ。

「ふん。八の食い残しは彦三郎が食べな。あんたが食べるのはこっちだ」

と、治兵衛が箸《はし》と皿を取り、見世棚に並んだ料理を皿にひととおり載せて、はるへと渡す。

「え?」

戸惑いつつも受け取ると、治兵衛がぐいっと顎《あご》を引いて腕組みをして、はるを睨んだ。彦三郎も「そっちのほうがいいかもしれねえな。じゃあ俺がこっちをつまもうか」と暢気《のんき》に言って、八兵衛の膳のものに手をのばす。

こうなってしまうと、はるもはるで、食べないわけにはいかなくなった。

だから、

「いただきます」

と拝んでから立ったままで素早く味を見る。

里芋は舌触りはいいのだが、味が薄い。ぼんやりとした味に「まずいわけではないのだけれど」と首を傾げてから、次は、しめ鯖に箸をのばす。こちらはこちらで酢が強くて、口に入れた途端、むせてしまった。臭みが少し残っているので、それを気にして酢を多くした結果、酸味が際だちすぎたのか。

けほけほと咳《せ》き込むはるに、

そう言って桶《おけ》から水を汲《く》んで椀《わん》で差しだしてくれたのは、治兵衛であった。

「……水をお飲み」

「ありがとうございます……」

両手で受け取って、ひとくち飲むと、治兵衛は「うん」とやはり怖い顔のままでそっぽを向いた。

続いてご飯を頬張《ほおば》ってみる。冷めていても充分に旨味《うまみ》のある、もちっとした米だ。あたたかければ、どれほど美味しかろうにと思うと、切なくなってくる。

ひとつひとつ皿の料理を確認する。きんぴらごぼうは味が薄く、旨味がない。昆布《こんぶ》と一緒に煮炊きした煮豆は、豆の量からすると昆布が多すぎる。味はちゃんと美味しいが、豆が脇役《わきやく》で昆布が主役の別な食べ物のようである。

ひととおりすべてを食べ終えると、

「……な？」

と、彦三郎がそれだけを言った。

「な、って、なんだい。彦三郎。まずいって言いたいのかい」

治兵衛は変わらずつんけんした言い方のままだ。

「まずくなんてないです」

はるは慌ててそう返す。

たしかに、どれも、微妙になにかが足りなかったり多すぎたりする味だった。

しかし貧しい小作人である親戚のもとで、凶作のときには野草をありがたく食べてきたはるには、どれもご馳走だ。

「こんな立派なおかずに、白いご飯なんて、わたしの田舎では普通に毎日いただけるものではないです」

治兵衛は少しのあいだ考えるようにはるを眺めてから、

「そうかい」

と、いままでよりも少しだけ柔らかい声で、そう言った。

「でも、変えてもいいのなら、味を少し変えさせてください。もったいないから絶対に失敗はしません。まかせてください」

「ああ。好きにしな。あるもんは全部使ってくれていい」

腕組みをしたまま仁王立ちで言い放つ治兵衛に、はるは「はい。ありがとうございます」と頭を下げた。

ざっくりと棚を見る。

「砂糖も醬油《しょうゆ》も味噌《みそ》もたんとあるし、胡椒《こしょう》まであるんですね。鰹節《かつおぶし》に昆布に煮干しもある。でも出汁《だし》をとるには時間がかかるから」

口にして確認しながら、動いていく。

里芋はもう少し濃いめに味をつければ、それで充分、美味しくなるはず。

腰を屈《かが》めて味噌の入った器を取りだす。傍らの瓶の蓋《ふた》をあけて、くんっと匂《にお》いを嗅《か》いでから、手のひらに少し垂らしてひと舐《な》めする。

「あ……味醂《みりん》、ですね。これ」

味醂を見つけて、それで里芋の味は決まった。

鍋《なべ》を出してきて砂糖と味醂と味噌を混ぜ、ふつふつと煮立ってきたところに里芋を放《ほう》り込んで、味噌だれをからめる。なかまで染み込ませるほど時間をかけていられないから強めの味で、まずは一品。

皿に盛り、胡麻《ごま》をぱらりと振りかける。

照りのついた里芋から湯気が上がる。

「おお、いただくよ」

彦三郎はためらいなく、はるの出した里芋に箸をつけて「うめぇな。これは」と舌鼓を打つ。八兵衛も、つられたように里芋の味噌煮を箸でつついた。

「うんっ。旨いな、これ。さっきとはうってかわってずいぶんしっかりとした味になった」

最初は味噌だれをちびりと箸先ですくって舐めただけだったのに、八兵衛はすっかり気に入ったようで、里芋をつるりと頬張りだす。

「おとっつぁんがずっと昔に北のほうの土地でこういう里芋の煮転がしを作ってくれたんです。醬油味のも好きですが、わたしは味噌の煮転がしも好きだったから」

「へぇ」

ちゃんと記憶の通りの味になっているかが気がかりで、自分も里芋に囓《かじ》りつく。表面に濃いめの甘くて辛い味噌の味。中味のねっとりとした芋の部分は薄味だから、嚙むごとに口のなかで味がちゃんとまとまっていく。

治兵衛はというと、難しい顔で八兵衛たちを交互に眺め、気乗りしなそうにして、箸をのばした。

文句か講釈かなにかがくるかと身構えたけれど、なにも言わずに治兵衛はそのまま自分のぶんの皿の里芋をすべて食べた。

それに安堵《あんど》し、はるは、次は竈に網を載せ、しめ鯖を並べてさっと炙《あぶ》る。

「しめてる鯖をあらためて焼くのかい」

八兵衛が驚いて声をあげる。

「はい」

きつい酢と臭みは、炙られることで旨味に変わるはずだ。

「なんだよ。けっこう、いい匂いがするじゃねぇか」

鼻をひくひくと蠢《うごめ》かす八兵衛に、はるはにっこりと笑いかける。

「匂いはお腹を元気にしてくれますから。この煙をたんと吸い込んでください。もう秋も終わりで、風が冷たいです。湯気と香りはそういうときにはご馳走になると思うんです」

「ああ、そうか。そうかもしれんなあ。だけど俺ははやいとこそれをお腹んなかに入れたいよ。煙だけじゃなくってさ」

彦三郎が恨めしげに言っているまに、しめ鯖の油が網目を抜けてじゅっと落ちる。皮と身の表面に焦げ目がついてぱりっとなったのを見定めて、皿に載せて、塩を振った。

「はい。どうぞ」

器に盛って渡すと、三人ともにすっと箸をのばし味わうように食べだした。

「これは酒が欲しくなる。治兵衛さん、酒もおくれよ。下り酒のいいのがあっただろう？」

彦三郎が言う。さっきまでここが煮売り屋か、煮買い屋か、一膳飯屋かで喧嘩をしていたのをするっと忘れたかのような自然な言い方だった。

「ああ、いいねえ。こっちにも！」

彦三郎と八兵衛の言葉に治兵衛が悔しそうな顔をしつつも、「わかった」と返事をし、ちろりの酒を用意する。

治兵衛ははるの横に立ち、ちろりの加減を見ながら、はるにしか聞こえないくらいの小声で「負けましたよ」と、つぶやいた。

「え？」

「あんたの料理は、美味しいってことさ」

早口だったが、たしかにそう言った。

「ありがとうございます」

「でも、あたしはあんたに負けたんだ。彦三郎にじゃないよ」

鬼の形相とは裏腹に、屁理屈《へりくつ》をこねて悔しがる心根は、どこか子どものようで憎めない。

「はい」

なんて言ったらいいのかわからないから、はるは、ただ、うなずいた。口元が緩みそうになってしまうが、治兵衛ははるが笑ったら、むっとした顔に戻ってしまう気がした。奥歯を嚙みしめて笑うのを我慢して、ふうっと息を吐く。

さて、次は茶碗のご飯をどうするか。

「あの……治兵衛さん、あそこにあるのは漬け物の樽ですよね。なんの漬け物なんですか」

漬け物と一緒に湯漬けにしようかと治兵衛に聞いた。

「あれは……駄目だ。瓜《うり》の塩漬けの辛いやつでね、塩を舐めてるのと同じか、それ以上に、塩辛い。とてもじゃないが人には出せないよ」

「はい。わかりました」

食べられないほど塩辛い漬け物を樽に入れて置いているのかと不思議に思ったが、理由《わけ》を聞くのはやめておく。

「漬け物があればそれでご飯を湯漬けにしようかと思ったんですけど……。そうだ。わたしの梅干しがあるから、それにしよう」

「あんたの梅干し？」

「はい。里から出るときにぬか床と梅干しを持って来たんです」

治兵衛がぽかんと口を開け、彦三郎が治兵衛の顔を見て声をあげて笑いだした。

種をとった梅の実を軽く叩《たた》いてから、一緒に漬けた紫蘇《しそ》の葉を刻んだものと混ぜあわせる。冷めた白米の上にそれを載せ、しゅんしゅんと沸かした湯をかけた。胡麻と小さく切った海苔《のり》を振って差しだすと、彦三郎も八兵衛も一気に湯漬けをかっ込んだ。

ふたりとも見ていて心地いいくらいに豪快に食べてくれる。

「はるさんの漬けた梅干し、しょっぱくて、酸っぱくて、口がきゅっとすぼまる。これは白飯が進むねぇ」

八兵衛は食べ終えた茶碗を名残惜しげに見つめてから「ふう」とお腹をひと撫でして「ごちそうさん」と箸を置いた。

彦三郎も満足げな顔で茶碗を空にして、

「なあ、治兵衛さん。お腹がいっぱいになったところで物は相談なんだが」

と急に居住まいを正して話しだす。

「なんだい。突然しゃきっとしやがって。わかったよ。煮買い屋を名乗るのは、やめる。あたしに勝ったのは彦三郎じゃなくて、はるさんだけど、男に二言はないからね。それでいいな?」

ぶすっとして言う治兵衛に彦三郎が笑顔になる。

「うん。もとの一膳飯屋に戻してもらってさ……それで、ついでに、この、はるさんのことを雇ってくれやしないかい。料理人としてさ」

「……わたしを？」

驚いて、はるは思わず声をあげた。

雇い入れてもらえるとしても、女中仕事だと思い込んでいたのだ。まさか料理人として雇えといいだすとは。

治兵衛が眉間のしわを深くして、はると彦三郎の顔を交互に見ている。

「こいつはとにかく食いしん坊なのさ。それに料理の腕もたいしたもんだってのは作った料理をいまさっき食べてもらってわかっただろう？　自己流だけどちょっとおもしろいものを作る。人当たりもいいし正直だ。見た目もそこそこ愛嬌があってかわいいし、しかもいまとても困ってる」

彦三郎の言葉に、治兵衛が「……困ってるとは、どういうことだい」と聞き返す。

「住むところも仕事もないまま俺にくっついて下総から江戸に来たんだ。頼る相手が俺しかいないってのは、どう考えても困った話だろう？」

「なるほど。そういうことか。彦三郎は、また悪い癖が出たってやつかっ」

八兵衛が割って入った。

「悪い癖……？」

彦三郎がきょとんと聞き返す。

「誰彼かまわず親切にしてすぐに相手をその気にさせる。絵の修業だなんだって旅に出てさ、その先でいい仲になった女があんたを追いかけて江戸に来たってのも、これで何回めだい？　いつか彦さんは思い込みの激しい女に刺されて怪我《けが》するよ」

「は？　いやいや、今回のはそういうんじゃないんだ」

彦三郎が慌てたふうに弁解するが、八兵衛は彼の言うことは聞こうとしない。

彦三郎に背を向けて、はるへと向き直り語りだす。

「はるさん、こいつはやめときな。こいつはな、こう見えて女泣かせなんだ。こんな昼寝してる猫みたいなのほほんとした平和なご面相なのが、どういうわけかけっこうもてる。その場その場で相手に優しいもんだから、たいていの女がぽうっとなっちまうんだね。だけどこいつの優しさは、根がないんだ」

あまりにもひどい言いぐさだったので、思わずはるは彦三郎をかばいだてした。

「そんな。彦三郎さんはたしかにお優しいですが、根がないなんてことはないですよ」

「そりゃあね、はるさんはまだ知らないだけだ。彦さんは、甲斐性《かいしょう》のない根無し草で、責任を押しつけられるのが本当に苦手で、面倒くさくなると突然ふらっといなくなる。自分にできないことを請け負うのが嫌だから、なにかあるとすぐに逃げるんだ。今回だって深川《ふかがわ》の茶屋で通りすがりの男と揉《も》めて、それきり旅に出ちまったんだぜ。だから、俺たちは彦さんの心配をしてたんだ。それが急に戻ってきたら、今度は、あんたみたいな女を連れてさ」

深川の茶屋で揉めた通りすがりの男は――はるの兄の、寅吉だ。

それがきっかけで、彦三郎は、兄からの伝言を頼まれてはるのところに来てくれたのだと聞いている。

しかし――これはもしかして、はるが彦三郎に岡惚《おかぼ》れして追いかけてきたと勘違いされているのではないだろうか。

「町絵師としてはそこそこ腕もよくてきちんと稼いでいたときもあったんだ。でもね、この夏、なにもかもが嫌になったってほざいて仕事から逃げ出した。それからは信用ならないって仕事も減った。こいつと一緒になったら不幸になる」

八兵衛がまくしたてるものだから、はるは訂正する暇もない。

彦三郎はというと、困った顔で頬のあたりを指でかりかりと掻きながら「違うんだけどなあ」とつぶやいていた。

思ってもいなかった勘違いにうろたえていると、今度は治兵衛が、しみじみと語り聞かせる口調で話しだす。

「はるさん」

「はい……」

「あんたの手を見れば真面目に働いてきなさったことは伝わるよ。固くて荒れた、働き者の手をしてるし、着物だってそれは古いものを自分でほどいて繕って、継ぎをあてて、大事にしてずっと着ているんだろう？　しっかりした女だと思ったから、うちの竈で料理を作ってくれてもいいって許したんだよ。それに、彦三郎があたしにつっかかってくるときは、なにか頼み事があるときだってのもわかっていたしね」

「ばれてたか……さすが治兵衛さん」

彦三郎がへらりとつぶやくと、治兵衛がぎろりと彦三郎を睨みつける。

さて、と、治兵衛が考え込んだ。

なにを考え込まれているのか、はるにはまったくわからない。

八兵衛がおもむろに「いやはや、どこまでいっても見所続きで、食い終わってもなかなか帰れそうにねぇな」とどっしりと腰を据えて座り直した。

はるはどうやら、もうすっかり、押しかけ女房志願だと思われている。

「とにかくこいつは、とらえどころがなくってね、うなぎみたいににょろっと手から滑って逃げていくし、優しいようでいて冷たいんだよ。あんたみたいな真面目そうで頭が固そうな女と所帯がもてる男じゃない……とあたしは思っているんだが……」

治兵衛が思案深げに口を開きそう言うと、

「まったくその通りだ。だけど、そこまで言われたら俺だって変わってみせるさ」

彦三郎が、治兵衛の思い込みを訂正もせずそう返した。

「変わってみせるって？」

「俺も今回ばかりは真人間になってみせるからさあ、それまで治兵衛さんのところに、はるさんを置いておくれよ。雇ってやってくれってば。頼むよ」

「あんたんとこの長屋ではるさんと暮らせばいいじゃないか」

「駄目だよ。長屋にはいままでの女があれこれと……こう」

「彦三郎っ、おまえはっ」

治兵衛が手を振り上げると、彦三郎が頭を抱えて「ひゃあ」と言った。

「だから女たちのことを片づけるまでここに置いてやってくれってば。ちゃんとする、ちゃんとするからさあ」

彦三郎が治兵衛に拝み込む。

「本気であんた、あたしにそれを頼むんだね」

「本気だよ」

「彦三郎が真人間になるっていうなら、はるさんをうちに住まわせてやってもいいけれど」

「えっ……あの」

そこで、はるは、思わず声を漏らした。

呆気《あっけ》に取られて彦三郎を見ると、目配せをして笑っている。ふわふわとした人なのに、こういうところは如才ない。あなどれない。

なんとしても、はるを、ここの二階に住まわせるつもりらしい。

あらぬ方向で物事が転がりだして、このままでは彦三郎が妙な濡《ぬ》れ衣《ぎぬ》をかぶせられ真人間にさせられる。

いや、つまり彦三郎はいまは真人間ではないということか。だとしたら、いまは相当、駄目な男ということなのか。

「待ってください。わたしは彦三郎さんを追いかけてきたわけじゃないんです。彦三郎さんなんてちっとも好きじゃありませんっ」

「ちっともって」

彦三郎が情けなさそうに眉を下げた。はるは「しまった」という気持ちで「……ごめんなさい。いいお人なのはわかっていますが、そういう意味ではなくて」とうろたえて口走り、さらに墓穴を掘ってしまった。

なにをどう言っても、失礼だ。

治兵衛は「ふむ」と思案顔ではるを見ている。

「……わかったよ。はるさんを雇おう。しばらくのあいだ、ここの二階で暮らすといい」

なにがどうわかったのか。

「それでこそ治兵衛さんだ」

彦三郎が治兵衛を持ち上げた。

「うるさいよ。どっちにしたって、彦三郎もしばらく旅には出ずに江戸にいて、今度こそちゃんと仕事を引き受けるんだ。逃げるばかりじゃあよくないよ」

治兵衛は彦三郎を叱りつける。

「ですから、彦三郎さんとわたしは……そういうんじゃないんですよ」

はるが慌てて言い募ったが、治兵衛は「もう、いいよ」というように鷹揚《おうよう》に片手ではるの言葉を制止した。

「あんたはしっかりしてそうだから、ここで過ごしてたら、すぐに彦三郎に愛想がつきて目が覚める。そうなったときには彦三郎を気持ちよく振ってやればいい」

変わらず彦三郎はひどい言われようで、はるは目を白黒させるしかない。

「……わかったよ。愛想つかされないように、しばらくまっとうに仕事を受けるさ。もっとも仕事があればの話だが」

うなずいた彦三郎のその横顔に、柔らかい笑みが刻まれていた。


たいした給金は出せないが、住み家と食事だけはあてにしてくれていいと、治兵衛が言った。それだけで、はるには充分だった。

「とりあえず荷物を置いておいで」

と言われて二階へとのぼる。枕屏風《まくらびょうぶ》はあるが布団はない。小さな茶箪笥《ちゃだんす》がひとつと火鉢が置いてある。もとよりはるの荷物は、背負っていたひとつのみ。梅干しとぬか床の壺を流し場に置いてしまえば残りの荷は軽く、あっというまに片付いてしまう。

茶箪笥の引き出しを開けると、綴《と》じた紙束が入っていた。中味を見ると、読みやすい文字でしるされた帳簿のようである。何月何日になにを仕入れ、一日の売上げはどうだったかの数字の羅列をしばらく眺め、手にして階下に戻る。

八兵衛は店を出ていったが、彦三郎はそのまま当たり前の顔をして床几に座っている。

「あの、茶簞笥のなかにこれがありました。大事なものかと思って」

長煙管を口に咥《くわ》えた治兵衛に差しだすと「片づけたつもりなのに、まだなにか残ってたのかい」と顔をしかめる。

「なにが残ってたって、いまさら見る必要なんて、ないよ。はるさんが、見ておくれ」

「仕入れたものや、その日の売上げを書いたものでしたけど」

「……前の店主がつけていた、この店の仕入れ台帳ってことかね。思っていたより几《き》帳面《ちょうめん》だったんだねぇ」

悲しみが滲むような声に聞こえ、じっと治兵衛の顔を見てしまう。治兵衛はふいと顔をそむけ、ぷかりと煙を吐いた。

「これは、あんたが持ってればいい。あたしには必要ないよ。なんの参考にもなりゃあしないんだから」

かたくなにそう言い張る。

どうしてもと押しつけるようなものでもないから、「はい。わかりました」と引っ込めた。

治兵衛はそっぽを向いたまま、重たいため息を漏らす。

「……二階にあんたが住むってことになると、敷き布団くらいは、用意しなくちゃならないな」

「ないのかい?」

彦三郎の言葉に、「験が悪いから捨てちまったよ」と治兵衛が応じる。空っ風みたいな声だった。ひゅっと冷たいものが吹き付けてくるような、寂しい言い方だ。

「まあ、いいよ。うちに戻ればあまってる敷き布団のひとつくらいはあるだろう」

治兵衛のつぶやきに、彦三郎が「そうかい」とうなずく。

はるは姿勢を正して治兵衛へと頭を下げる。

「治兵衛さん、置いてくださりありがとうございます。今日からわたし、こちらで働かせていただきます。ひとつひとつ学んでいきます」

治兵衛が返事をするより先に彦三郎が笑って言う。

「そんなにかしこまることないんだよ。それより、はるさん、なんか他にも作ってくれよ。おまえさんの作ったもんがもうちょっと食べたい。すっかり気に入っちまったよ」

「彦三郎はそんなことを言う立場じゃあないだろう」

と治兵衛がまたもや目をつり上げる。

「じゃあ、はるさんに掃除でもしてもらうかい。客もいないし、やらなきゃならないことはないいんだろう。それともこの近所をちょっとそぞろ歩いて案内してくるかい」

「案内なら明日でいいよ。はるさん、この見世棚の皿のなかのもんを、全部、あんたらしい味にしてみてくんな」

「なんだよ。結局、作らせるんじゃないか」

「彦三郎に言われるんじゃなく自分で言いたいんだよ。ここはあたしの店で店主はあたし」

またもや言い争いをはじめるふたりを尻目に、はるは元気よく「はい」と返事をする。

見世棚の皿にある料理をいくつか整えていくのは、はるにとって充分以上にやりがいのある仕事であった。

彦三郎はすっかり腰を落ち着けて、行灯看板を抱え込んでその一角にあてがうための絵を描きだした。『煮買い屋』の文字のかわりに『なずな』の店名と、なずなの花の絵を描いてやろうと腕まくりして下絵にうんうん唸《うな》っている。

「彦三郎の絵なんて、いらないよ」

眉をひそめながらも治兵衛は彦三郎の絵にあれこれ注文をつけているのだから、実は描いてもらって嬉《うれ》しいのかもしれない。

仲がいいのか悪いのか。

ふたりのやりとりを聞きながら、はるは、里芋の残りの半分を味噌の煮転がしにして、さらにもう半分は片栗粉《かたくりこ》を薄くはたいてから油でからりと揚げる。

揚げたてに塩を振ったのを器に載せれば、彦三郎も治兵衛も「とかく女が好きなもの芋栗南京《いもくりなんきん》なんて言って、敬遠していたところもあるんだが。揚げた里芋に塩ってのは、けっこういけるね」「これはどんどん食べてしまうような味だね」と言いあいながら熱々のところを食べてくれる。

あとは昆布で出汁をとって椎茸《しいたけ》の佃煮《つくだに》をくつくつと煮たり、見世棚のきんぴらごぼうの味を調えたりしているうちに時間が経《た》っていく。

佃煮にはほんの少しだけ隠し味に酢を足して、山椒《さんしょう》の実も混ぜ込んだ。いくつもの味を足して煮込むと、鍋のなかで具がふつふつ煮えながら喧嘩をしあう。それがある瞬間に、互いに馴染《なじ》み、深い味へと変わっていく。

治兵衛と彦三郎の喧嘩もそういうものなのだろうかと、はるは思う。

親子ほどの年の差で、親子ではないようだけれど、親子みたいに喧嘩をして馴染んでいる。

「この佃煮は、止まらない。飯が欲しいね」

「酒にも合うよ」

「はるさん、明日もこの佃煮は作って欲しいね」

「治兵衛さん、いいこと言った。俺も明日またこの佃煮で『なずな』の酒を飲みたいね。ここは治兵衛さんが下手な料理を出してるあいだも下り酒の旨いのだけは切らさなかったからなあ」

「ひと言も二言も多いね、彦は」

拳《こぶし》を振り上げた治兵衛に、彦三郎が「ひゃあ」と頭を抱える。

しかし、はるはというと、料理は作ったものの、客が来ないのがだんだん気になってきていた。

いつもこうなのか、それとも今日がたまたま人が少ないのかがわからない。花川戸の往来の人混みからすれば客が少なすぎる。

そういえば街道沿いに並ぶ料理屋はどれもこれも立派な店構えで、広さも看板の立派さも『なずな』とは段違いだった。しかも治兵衛のあの頑固ぶりを見てしまうと、申し訳ないが、この店が繁盛するとは思えない。

はるは、秋風で店の外の暖簾が揺れる度に顔を上げ、誰も来ないことに小さく息をつき、また竈に向き合うというのをくり返す。

「炙りしめ鯖もあれは旨かったなあ」

佃煮をつまみ終えて、また別なものを舌が欲しがったのだろう。彦三郎がうっとりとそう言った。

「ああ、あれももう一回、食べたいところだね。塩を振ってもいいし、醤油にわさびで、きゅっと酒をさ、こう」

ふと気づけば、ふたりは、はるの料理の載った皿を前にして、うなずきあったり、笑ったりしている。

「しめ鯖、もしよかったら炙りましょうか?」

尋ねてみたら彦三郎が幸せそうな顔になったから、治兵衛に確認して、もう一度、炙りしめ鯖を出してみた。炙られて香りがたったところで皿に引き上げ、いい塩を振って食べると、口のなかで脂と旨味が溶けあってたまらない味になる。

ああでもないこうでもないと、言い合う男ふたりの仲がどういうものなのか、はるにはさっぱり見えないままだが。

そのうち教えてもらえばいいかと、今日はまだ暢気に『なずな』の俎板《まないた》を洗ったり、包丁を研いだりすることで忙しく過ごすはるだった。


日が暮れて、夜になる。

はるは火打ち石をかちかちと鳴らして外の行灯の火を灯《とも》す。ぱっと目の前が明るくなって、行灯の光が丸くあたりを照らしている。

結局、八兵衛以外には客はひとりも来なかった。

彦三郎だけが「いい加減に帰りな」と治兵衛に言われながらも、居座っている。

ここはとんでもなく頑固な閑古鳥《かんこどり》を飼った店であるらしい。

三味線《しゃみせん》の音がどこからともなく聞こえてきて、耳を澄ます。ちんとんしゃんと、響く音が乙粋で、そこはかとなく色っぽい。色気なんてはるにはまだまだ遠い感覚でしかないのだけれど。

いままでのはるの暮らしでは聞こえることのなかったその音色に、自分はいま江戸にいるのだという実感がやっと湧いてきた。

「あれは裏の長屋に住んでる加代《かよ》さんの三味線さ」

彦三郎が教えてくれる。

暮れ六つ（午後六時）の鐘が鳴り、

「今日は、しまいにしましょうか」

とうとう治兵衛がそう言った。

「はい」

答えて、はるは外に出て行灯看板を手に取った。

夜空は何度も染め上げたみたいな濃い藍《あい》色だった。幼子が気まぐれにふりまいた金砂のような星が瞬いている。

はるが手にした行灯看板の一面に『いちぜんめしや』の文字がある。その隣の面には、今日、彦三郎が急いで書いて貼り替えた『なずな』の名前と、なずなの花の絵。他の面には『酒さかな』に『とんびにあぶらげ』の文字が躍っていた。

暖簾も取り込み、店のなかに行灯を入れる。障子戸《しょうじど》を外して、板戸と入れ替えるのを、彦三郎が手伝ってくれた。

行灯のなかの火をふうっと消すと、一気にあたりが薄暗くなる。

長尻を決めていた彦三郎が仕方なさそうに、しぶしぶと立ち上がる。

「……はるさん、ひとりで平気かい。なんなら俺がここに泊まっても……」

彦三郎の言葉をぴしゃりと治兵衛がはね除《の》ける。

「あんたがいるほうが心配だ。はるさんのことは源吉《げんきち》さんにちゃんとお願いしてきたから心配ないよ」

源吉は『なずな』のある長屋の大家である。

ぐずぐずとする彦三郎を引っ張って、治兵衛は「火のもとだけは気をつけなさい」と念を押して帰っていった。

ぽつんと残された『なずな』の店は、ひとりで座って見渡せば、狭いようでいて、広くも感じた。

いろいろな偶然と思惑が積み重なって自分は『なずな』に辿りついた。

「……なずな。一膳飯屋、なずな」

ここで自分はこれから働くのだと、はるは、取り込んだ暖簾の布を指先で撫でた。

第二章　お気楽長屋のこってり納豆汁と牡蠣の昆布舟焼き

『なずな』に来た翌日の朝である。

二階の窓の障子《しょうじ》をからりと開けると、大川が見える。朝の日差しをあびて川面《かわも》がきらきらと輝いている。朝も早いうちから猪牙舟《ちょきぶね》が行き来して、船着き場では平田舟《ひらたぶね》に人足たちが荷物を載せていた。

すぐ隣の木戸番の荒物屋から、芋の焼ける香ばしい匂《にお》いが漂ってくる。

荒物屋の店主は与七《よしち》という名だ。

木戸番の管理だけでは稼ぎがままならないのはどの長屋でも同じこと。与七のところでも例に漏れずで、秋から春までは荒物屋の軒先で、笊《ざる》や桶《おけ》、薦《こも》に箒《ほうき》といった品物とは別に焼き芋を売っているのだ。

匂いだけで、なんだかお腹《なか》がすいてくるのは不思議なものだと思いながら、はるは、階下に降りて店の支度をはじめることにした。

木戸番の荒物屋から木戸を挟んで隣にあるのは、火の見梯子《ばしご》を空に向かってまっすぐに立てた自身番だ。町内の警備のための小屋である。この長屋の自身番はずいぶんと緩いらしく長屋の男たちが交代で番人をつとめるのだが、退屈しのぎにと碁盤《ごばん》や将棋《しょうぎ》盤が置いてある。おかげで朝から妙に活気がよくて、将棋勝負で賑《にぎ》やかだった。

芋の焼ける香ばしい匂いと、将棋勝負の「待った」「待たない」の大声のやり取りを聞きながら、はるは長屋の路地に足を向けた。履いている下駄《げた》がどぶ板を踏んで、かたんことんといい音をさせる。

野菜を売りに来たぼてふりから里芋や牛蒡《ごぼう》を買い受けて、魚のぼてふりからは美味《おい》しそうな鯵と牡蠣《かき》を仕入れることができた。

さらには卵としめた鶏《とり》を売りにくる者もいて、はるは、驚きながらも買うことにした。

村にいたときはまだ暗いうちから起きだして働いていたものだから、動いていないと、落ち着かない。

店に戻り、さっそく竈《かまど》に火を入れ、見世棚に並べるための料理をはじめる。自分で作ってみたきんぴらごぼうを味見がてら、昨日の残りのご飯を食べる。

「うん。美味しい」

口からぽろりと零《こぼ》れた言葉が予想外に大きく響いて、思わずきゅっと肩をすくめる。誰《だれ》が見ているわけでもないけれど、自画自賛みたいで恥ずかしい。

「……でも、美味しいに決まってるよね」

ふと思う。

だって白米なんて食べたのは、ここに来る前は、思いだせないくらい昔のことだ。ひとくち食べた残りは、育ち盛りの甥《おい》に譲った記憶があるから、甥がそれなりに大きくなってからのことだと思うけれど。

村では稗《ひえ》や粟《あわ》を水増しにして、ときには南瓜《カボチャ》を入れて炊《た》いたものがご馳走《ちそう》だった。甘い南瓜を舌の先でつぶすと、喉《のど》からお腹のなかまでが幸せでいっぱいになったものだ。とにかく、いつも、ひもじかった。自分がひもじいのだから、甥の太郎《たろう》はもっとひもじいだろうと、あれこれと工夫をして食べられる野草や木の実を、せっせと蓄えて調理していた。

背負っていると空腹で泣くものだから、藁《わら》に味噌《みそ》を塗ったものをしゃぶらせたこともある。

それが――こうして江戸で、白いご飯を朝から食べているなんて。

夢みたいだなあと、はるは思った。

「南瓜も稗も粟も美味しかったけど、やっぱり真っ白いご飯がいちばんだなあ」

きんぴらごぼうとぬか漬けで、いくらでも食べてしまいそう。

「……お店のご飯なのにこんなに食べてちゃ、いけないわよね」

我に返ってそういいましめて、ひと息ついたところで『なずな』の店先に半暖簾《はんのれん》を掲げに出る。

隣の荒物屋の与七の店にはすでに焼き芋の幟《のぼり》が立っていて、ひらひらと風に舞っていた。『なずな』のもう一方の隣は米屋『あかし屋』の土蔵だ。

立派な二階建ての土蔵の隣に、ちょんとある二階建ての『なずな』を表通りからあらためて眺め、はるは「さて、今日から自分はここで働くのだ」と気合いを入れた。

なかなか来ない治兵衛を何もしないで待ってはいられずに、はるは、竹箒を手にして店の前の道の掃《は》き掃除をはじめる。

食べ物屋なんだから店前《たなまえ》が綺麗《きれい》なほうがいい。とはいえ、いざ掃きだしたら、店の前だけというのはなんだか区切りが悪いように思えてきた。

往来は誰のものというのではなく、みんなのものだ。だったら、はるのものでもある。

向かいの『うろこ屋』は水産物を扱う魚問屋だ。その左隣は雪駄《せった》をはじめとする履き物の問屋で、右隣は田楽《でんがく》茶屋だ。

田楽茶屋が看板を出すのを見て、はるは「おはようございます」と頭を下げる。

相手は「誰だろうこの人は」というような顔をしながらも「おはようさん」と返してくれた。

田楽茶屋が向かいにあるのだから『なずな』では田楽は献立に出さないほうがいいのかもしれないと、ぼんやりと思いながら、さっさと手を動かして移動する。

そうやって竹箒を抱えてあちこちに頭を下げて、看板を出すご近所の人たちに「おはようございます」と声をかけ——結局、はるは花川戸の長屋のほとんどの人たちに挨拶《あいさつ》をしてまわることになった。

とうとう道の端から与七が駆けてきて、

「あんた、どこまで掃いてまわるんだい。そんな丁寧にやってたら掃除してるうちにここの町内一周しちまうよ。曲がり角までいったら戻ってくることを覚えたほうがいい」

と、はるの肩を叩《たた》いて呼び止めた。

「はい。ありがとうございます」

与七はどうやらはるが表通りを掃きだした姿を、じいっと見守ってくれていたらしい。

「あっちの大きい道は橋の下の河原者《かわらもの》にお金渡して綺麗にしてもらってんだから、そんなに汚れちゃあいないだろうし」

「はい」

うなずいて竹箒を抱え、綿入れ袢纏《はんてん》姿の与七を見上げる。与七は、三十代の後半で、独り身だと聞いている。木戸番をまかせられるくらいだから身持ちの堅い、信用のできる人なのだろう。

濃くて太い眉《まゆ》をぎゅっと寄せて、

「まさか、あんたみたいな真面目《まじめ》で働きものの娘さんがうちの長屋に来るとはさ。びっくりだ」

と笑っている。

びっくりってどうしてだろうとはるは思わず首を傾《かし》げた。

「その顔は、あんた、うちの長屋がなんて呼ばれてるのか知らないんだな」

「はい」

「聞いたら笑うよ。〝お気楽《きらく》長屋〟さ。大家をやってる米問屋の源吉さん一家以外は、ここの長屋で暮らしているのはみんな独り身で、お気楽極楽の自由の身ってね。なかには後家さんとか事情があっていまは独り身ってのもいるっちゃあいるが、俺《おれ》も含めて、ふらふらした連中ばかり巣くってんだよ、ここは」

これは、なんと返事をしたらいいのか。

「ってわけだからさ、いきなり道の前の掃除してどんどん向こう端までいっちまうのを見て、みんな目を丸くしてたってわけだ。お気楽長屋に、お気楽じゃあねぇ娘さんが来ちまったなあってね」

そう言って歩く与七の後をついていく。『なずな』の手前で、与七は「ちょっと待ってろ」とそう言って、そそくさと自分のところの焼き芋を紙にくるりと包《くる》んで戻ってくると、はるに寄越した。

「あの」

「うちの前も綺麗にしてくれた駄賃だ。食ってくれ」

「ありがとう……ございます」

「あんたんとこに昼を食いにいきたいところだけど、うちはいま店番の小僧がやめちまって、ひとりだから留守にできなくてさ」

「じゃあ、持っていきますよ」

するっと言葉が口をついて出て「え」と与七が目を丸くする。

「けっこう押しも強いんだな」

「あ、ごめんなさい」

与七は「いいよ。お気楽長屋の我《わ》が儘《まま》連中としのぎを削るつもりなら、それくらい強気がいいさ」と笑っている。

もらった包みがほっこりと胸に温かい。お辞儀をすると、与七が鼻を擦《こす》りあげてにやっと笑った。

店に戻って包みを開ける。焦げた皮が香ばしい匂いをさせながら、ぱりっと捲《めく》れて落ちた。紙のなかで芋をふたつに割ると、湯気がふわりと立ちのぼり山吹《やまぶき》色の断面は見るからに美味しそうだ。たまらず齧《かじ》りつくと、甘くねっとりとした芋の味が口いっぱいに広がった。

こんなに美味しい焼き芋を食べさせてもらったからには、昼は与七に美味しいものを持っていって食べてもらわなくては。

はるが焼き芋を食べ終えると、治兵衛が店の障子戸を開けた。

背中を丸め、羽織のなかに縮こまる治兵衛の後ろから冷たい風も吹き込んでくる。

「おはようございます。あの……きんぴらごぼうは作ったんですけれど……他にはなにを作ったらいいんでしょう？」

治兵衛は「作りたいものを作ればいいさ。好きにしなさい」と言ったきり、床几《しょうぎ》に座って長煙管《ながぎせる》をふかしている。

「……はい」

好きにしていいというのは、むしろ、好きなようにもできない縛りがかけられる言葉のようにも感じられる。はるの力を試されているような気がして、緊張してしまう。

だからはるは、てきぱきと、けれど慎重に、考えながら料理を作っていった。

昆布《こんぶ》と一緒に炊いた煮豆ときんぴらごぼうを作るのだけは昨日の夜から決めていた。

このふたつはみんなが大好きな定番の料理だ。

きんぴらごぼうは砂糖と醬油《しょうゆ》と味醂《みりん》と酒で炒《いた》め煮をしてから、隠し味で、最後に酢をまわしかけてひと煮立ちさせている。仕上げに赤唐辛子《あかとうがらし》の輪切りをふわりと混ぜ、一旦《いったん》冷ますと、細切りにした人参《にんじん》と牛蒡《ごぼう》に、しっかり味が染み込んでいく。

座禅豆ともいわれる煮豆は、もともとは名前の通りに僧が座禅をしながら食べていたものだった。治兵衛の作っていた煮豆は、歯ごたえはしっかりと固く、しょっぱめに炊いてある。ただ、味見をさせてもらった治兵衛のものはあまりにも昆布が勝ちすぎていたので、はるは治兵衛の味つけからちょっとだけ昆布を減らしている。

切り干し大根を煮含めて、蕪《かぶ》の酢の物も作って、置いた。

「今日、見世棚に並べるのは、こんな具合です。きんぴらごぼうと昆布豆は昨日と同じです。あとは鯵《あじ》の開きをお客さまがいらしてから焼こうと思ってます。それから納豆を買ったので納豆汁も作りました」

品数をたくさん増やしても、客がこないならばあまってしまう。どこまで作ればいいのかが、はるにはさっぱりわからない。

「納豆汁か。いいね。今日は肌寒いし、あったまる」

納豆を具にした味噌汁は寒い時季の料理だ。それだけでも充分美味しいが、はるは、出汁をしっかりと引いたなかに、軽く炒めた鶏肉を細かく刻んだものも納豆と共に煮込んでいる。こくと深みがぐっと増し、お腹をしっかりとあたためてくれる。

小松菜を刻んだものも混ぜ込むと、茶色のなかに緑が散って見た目も味わいも深くなる。

はるは治兵衛の前に納豆汁の膳《ぜん》を置いた。

「食べてみてください」

「うん」

口をつける治兵衛をはるは固唾《かたず》を飲んで凝視する。

ずずっと汁を啜《すす》ってから「はあ、これは旨《うま》い」とつぶやき、治兵衛の眉間《みけん》のしわがわずかにほどけ、浅くなった。

「こりゃあなんでこんなに、こっくりといい味になってるんだい？」

「刻んだ鶏肉を納豆と一緒に煮てますんで」

「なるほど。それが旨味になっているのか。小松菜も色どりだけじゃあなく歯ごたえと味とでしっかり仕事をしているね。美味しいよ。納豆汁も今日は店に出すことにしよう」

ほっと胸を撫《な》で下ろしていると、障子戸が開く音がした。

顔を上げると——彦三郎だ。

「いらっしゃいませ」

はるが言い「なんだ。彦か」と治兵衛は浮かせた腰をすとんとまた床几に戻す。

「なんだはないだろう。俺は客だよ」

「昨日の銭ももらってないけどな」

「そうだったっけ」

言い合っているふたりにはるが困っていると、暖簾を片手で押し上げて、男がひとり顔を覗《のぞ》かせる。

「いらっしゃいませ」

治兵衛とはるの声が同時に響いた。ああよかったと、はるは思う。治兵衛はいつでも怒鳴り声を客に浴びせているわけではなく、普通に客を迎え入れることもできるのだ。

入ってきたのは、紬《つむぎ》に広い平袴《ひらばかま》を身につけ帯刀した立派な身なりのお武家さまだった。

切れ長の目に高い鼻梁《びりょう》。岩を鑿《のみ》で彫り込んだかのような角の鋭い面差しで、剃《そ》られた月代《さかやき》がさっぱりとして清々《すがすが》しい。立ち姿もすっとまっすぐで姿勢がいいのは、鍛錬の成果なのか、そもそもお武家さまというのはそういうものなのか。

治兵衛は男の顔を確認し、

「これは……笹本《ささもと》さま」

と姿勢を正す。

「治兵衛さん。お久しぶりです」

顔なじみなのだろう。男は治兵衛の名を呼び頭を下げた。

「中野屋《なかのや》に妹の薬をもらいに行ったら、治兵衛さんは中野屋を退いて、ふた月前から花川戸の料理屋を継いだんだと聞いてね。たったふた月、中野屋にいかないうちに、そんなことにと驚いた」

「へい」

「ご子息に中野屋の店を継がせて、そのあとに自分はいままでやってきたのとはまったく別な商売をはじめるなんて、治兵衛さんはさすがにすごい人だ。どこまでいってもなにかに挑み続ける人は、そうそういない」

「すごかないです。あたしはね、この年になってもまだまだ落ち着きのない子どもなんだ。妻が生きていたら『またあんたは、そうやっていつまでも走り続けて、飛び跳ねて。みっともないったら』って叱《しか》られちまうようなことばかりしているんですよ」

お恥ずかしいと頭を掻《か》いて、

「ところで、もしやキエさんの体調がよろしくないのですか？」

と心配そうな顔になる。

「うむ。そうなのだ。御薬園《おやくえん》勤めの同心の身内が、こうしょっちゅう身体《からだ》を壊すのは困ったものだね」

「いやいや、あたしだって薬屋でしたが家族もたまには風邪《かぜ》をひきましたよ。ここのところ一気に寒くなりましたから。もとからお身体の弱いキエさまはお気をつけないとなならない」

治兵衛は畏《かしこ》まってそう続けた。

なるほど、このお武家さまは同心なのだと、はるは思う。

御薬園勤めという言葉のほうは、いまひとつ不明だけれど。

そして治兵衛はどうやらもとは中野屋という薬屋の店主だったようである。

「少し咳《せ》き込《こ》んでいたので、中野屋で桔梗《ききょう》や甘草《かんぞう》を処方した薬をいただいたよ。キエは私の処方した薬より、中野屋のものがいいといって聞かなくてね。風邪のほうはさほどまでひどくならずに済んだんだが、腹痛がどうにもおさまらないと寝込んでいるよ」

「さようでございますか。うちの薬はそもそもが材料を御薬園から仕入れたものですから、間違いはない」

「薬の処方は同じなんだし、材料も同じなんだから、効き目は一緒だとキエに言い聞かせてるんだがね。私の薬は嫌なんだそうだ。どうしても中野屋がいいって聞かない」

「甘えていらっしゃるのですよ」

「そんな甘え方をされても困る」

「そうでもないんじゃないですか。現に笹本さまは、言われるがままに中野屋にお薬を買いにいらっしゃったわけですから」

治兵衛に言われて笹本が困り顔で笑った。

口元が綻《ほころ》ぶと、近よりがたくいかめしかった佇《たたず》まいがわずかばかりだが柔らかくなった。

ちらりと彦三郎のほうを見ると「小石川《こいしかわ》にね、将軍さまが薬草やなんかを集めて植えさせた、幕府の管理する御薬園があるんだよ。笹本さまはそこの同心なんだ」と小声で教えてくれる。

「薬草やお庭の同心ですか……」

江戸にはそんな勤めもあるというのか。

はるの声が聞こえたのか治兵衛と笹本が、ふたり揃《そろ》って、こちらを見た。

「あたしはもとは生薬問屋をやっていたんだ。いまは隠居して、ここにいるがね。中野屋は、御薬園で薬草の収穫が多いとき、下げ渡しのお品をお売りいただいている。笹本さまはそういうご縁で、お世話になっているお方なんだ」

治兵衛の言葉を、笹本が、やんわりと遮った。

「よくしてもらってるのは、私のほうだよ。私は、薬も樹木もよくわからないのに御薬園同心のお役目を一昨年《おととし》、拝命してね。治兵衛さんは見識もなく、四苦八苦していた私に、いろんなことを教えてくれた。必要な知識に、読んでおいたほうがいい書物にと、なにからなにまで世話になっている。感謝しても、しきれない」

お武家さまはみんなえらそうにしてふんぞり返っているものとばかり思っていたが、笹本は、町人たちにも優しい同心であるらしい。

治兵衛は慎ましく目を伏せて聞いている。

「――さて、治兵衛さんのお顔も見ることができたし、せっかくだから、食事をもらおう。あまり長居はできないから手早くすむものがあれば嬉《うれ》しい。なにがおすすめだい？」

笹本が見世棚の料理に目をやった。

「今日のおすすめは納豆汁です。それから、うちのきんぴらごぼうと昆布豆もなかなか美味しいんですよ」

「だったらそれをいただこう」

治兵衛が「へぇ」と首肯し、はるに目配せをした。注文された品を調理しはじめるはるを、笹本が怪訝《けげん》そうに見ている。いままでは、はるのことを配膳を手伝う女中だと思っていたのだろう。

「治兵衛さんじゃなく、彼女が料理を作るというのかい?」

静かに問われ、はるは「はい」とうつむいた。

やはり女性の料理人では納得いかないのかもしれない。

と、彦三郎が「珍しいでしょう」と、軽い口調でそう言った。

「この『なずな』の料理人は、はるさんなんです。でもね、女の料理人なんてと敬遠するのは、もったいない。腕のある板長のいる料亭でもなく、おっかさんたちが煮炊きする家の味とも違う、ちょうどいい具合に他からはずれた料理を出すんですから。はずれたっていっても、お客さまの気持ちをはずすような、まずいものはお出ししません。『なずな』はお客さまの立場に立った店ですからね」

堂々と言いきる彦三郎に、治兵衛が黙って半眼になった。

なんてまあ口から先に生まれたような調子のいい人なのだろうと半ば呆《あき》れ、けれどその語りっぷりの良さに流されて、はるは笹本に向かってぴょこりと頭を下げる。

「なるほど。それは楽しみだ」

笹本が、清潔そうな涼やかな笑みを浮かべ、そう告げた。

「はいっ」

笹本は、ちっともえらぶらない。治兵衛の言葉にも彦三郎の言葉にも、耳を傾けてくれる。

でもし美味しい料理を出せなかったら、態度が変わるのだろうか。治兵衛への信頼が損なわれたりするのだろうか。

いきなり『なずな』を背負わされたようになって、神妙な気持ちで、鯵の開きを焼きだすと、煙がまっすぐに立ちあがる。店のなかが煙くなるのが気になって、はるは窓の障子を少しだけ開けた。いい匂いのついた煙が、裏長屋に向かって窓から外へと流れていった。

炊きたてのご飯と一緒に昨日作って評判のよかった椎茸《しいたけ》の佃煮《つくだに》と、はるが里から担いできたぬか床でつけた蕪を笹本の前に出す。

それから、焼いた鯵の開きに、きんぴらごぼうの小皿に昆布豆と、熱々の納豆汁を盛りつけて膳に運ぶ。

笹本は無言でまず蕪をぽりっと嚙《か》んだ。

続いて、佃煮を箸《はし》でつまんで口に入れた。

きりっとした顔がほろりとほぐれる。

特になにも言わないけれど、箸を止めないことにほっとする。

そこで炊きたての白米をかっ込んで、さらに納豆汁に口をつけ「お。これは旨いな」と声をあげた。

「こんなに深みのある納豆汁を食べるのは、はじめてだ。呑《の》み込むのがもったいないが、呑み込まないと次が食べられないし、困ったね」

「そうでしょう。小松菜のしゃきしゃきしたのと、納豆と細かく刻んだ鶏肉が、出汁や味噌とからみあってさ。なかなかの味でございましょう」

「なかなかどころか、たいしたもんだよ。これは」

嬉しいことを言ってくれる。

そのまま笹本は無言でもりもりと食べていく。気持ちがいいくらいの食べっぷりだ。そういえば武士は早飯なほうがいいと聞いたことがある。あっというまにたいらげてから、少し眉尻《まゆじり》を下げて空になった膳を見下ろしている。

ひょっとして、まだもう少し食べたいのだろうか。

「笹本さまは、牡蠣はお好きですか」

はるは勇気を出してそう聞いてみた。

「ああ。好きだ」

「昆布はどうでしょう」

「昆布は……どうだろうな。考えたことがない」

「よかったら、酒で戻した昆布のお皿の上で牡蠣を炙《あぶ》ってお食べになりませんか。牡蠣が昆布の舟に乗ってしっかり煮えて、美味しいですよ」

切った昆布を酒に浸して柔らかく戻したものはすでに用意をしていたのである。

これもまたかつて父が、海辺で作ってくれた料理だった。昆布の上で牡蠣が煮えるようにすると、昆布と牡蠣が互いを引き立てあって、滋味にあふれる海の味が口のなかでほどけ、絶品である。

「ふむ。じゃあそれも、もらおうか」

「はいっ」

はるは笹本の床几に小さな七輪を用意する。それから牡蠣を醤油で丹念に洗い、昆布の端をくるっとまとめた猪牙舟に葱《ねぎ》を並べて載せていく。

七輪の網の上に昆布舟ごと載せて焼きはじめる。

みんなが見ている目の前で、ふつふつと煮えてぷっくりと牡蠣が膨らんでいく。

湯気がふわふわと漂っている。その蒸気もまたご馳走《ちそう》である。

「昆布は、お好みで、細かくちぎって、牡蠣と一緒に食べてください」

「どれ」

笹本が試しに手で裂いて、ふっくらと煮えた牡蠣と共につまんで口に放《ほう》り込んだ。

「これは……酒を飲めないのが惜しいね」

笹本がしみじみとそう言って、残った牡蠣のすべてを、丁寧に味わった。

食べ終えた笹本が、はるを呼ぶ。

「いただいたもの、たしかに全部が美味しかった。また今度ゆっくりと来ることにするよ」

「はいっ」

つい大きな声になってしまった。笹本は笑顔になって、はるを見つめている。

銭を取りだし、はるに手渡す。笹本にとっては当たり前のこと。でも、はるにとってはこのお金は特別なものだ。生まれてはじめて自分の料理にお金を払ってもらえた。そんなに大層な金高ではないけれど、受け止めた手のひらが、ずっしりと重かった。

「はるさん、ずいぶんと嬉しそうじゃないか」

彦三郎が、はるに言う。

「はい。嬉しいです。だって料理でお金をいただいて——しかも牡蠣の昆布舟焼きを褒めていただいたから」

はるは笑顔でうなずく。

「はるさんにとって大事な料理なのかい」

「大事っていうか……そうですね。大人の味だなあってはじめて感じた食べ物なんです」

そう返し——はるは牡蠣の昆布舟焼きの記憶を思い返していた。

はるにとって牡蠣の昆布舟焼きは特別な味なのである。

はるが熱を出したせいで足止めをくらった漁村で、兄ははるのために滋養になるという牡蠣を漁師に頼み込んでもらってきてくれた。そして父がその牡蠣をはるのためだけに調理した。

はるは熱を出していたから味も匂いもそこまで鮮烈にすり込まれたはずはない。なのにものすごく美味しく感じた記憶がある。昆布で作られた舟の形がおもしろく、嬉しい気持ちになったこともよく覚えている。

あれは、寒い秋の日だった。

海沿いにある山を削って作られた細い道がずっと続いていた。はるは右手を父とつなぎ、そしてもう片方の手を兄に握られて、ときおり牙《きば》を向くように白い波を尖《とが》らせる海を見ないようにして歩いた。はるはその道がとても怖かった。海も波も怖かった。高波が道にかかり、間が悪いと歩いている人はそのまま海に引きずり込まれて消えてしまうと聞いていた。

風が強く、海も荒れていたから、父も兄もきっとはると同じくらいに怖かったはずだ。でもそのとき、そこしか通ることのできる道がなかったのだ。

どうにかして早くこの道を抜けたいと願っていたからか、父も兄もはるを引きずるみたいにして歩いていった。父の背中で、薬や算盤《そろばん》が入った柳行李《やなぎごうり》がかたかたと大きな音をさせていた。

そして辿《たど》りついた漁村で、はるは熱を出してしまったのだ。緊張し続けていたからかもしれない。疲れがたまっていたのかもしれない。しかし問題なのははるが熱を出した理由ではなく、はるの身体を案じて父が漁村にとどまることを選択したことだ。漁村を越えた先の村の村長に薬を頼まれて、急いで届ける予定だったというのに。

幼心にはるはそれで申し訳なくてたまらなかった。自分がまだ子どもであることや、弱いことが情けなかった。せめて兄くらい丈夫であったら、もう少し迷惑をかけずに父の足について歩けるのに。父の薬売りの仲間は、いつも父に「子どもたちは誰かに預けて身軽になればいいじゃないか。そうしたらもっと遠くまで行商にいけるし、もっと稼げる」と言っていた。けれど父は「いや、まだ、はるが小さいからこそ、側にいてやりたいじゃないか。それに子連れは子連れで、薬を置いてもらった先のかみさんたちが愛想よくしてくれるから。稼ぎなんざ、親子三人食えればいいんだよ、食えれば」と笑っていた。

——熱を出して、ごめんなさいって、わたしは何回もあやまったんだっけ。

父が「はるは、あやまるようなことなんにもしてやいないのに」と、冷たく濡《ぬ》らした手拭《てぬぐ》いをはるの額にそっと置いた。

だって、わたしがいるから遠くまでいけないんでしょう。

そうしたら父が「おまえがいるから、がんばれるんだ。おまえがいるから、こんなに遠くまで来られたんだよ」と真顔で言った。

よく笑う父だったのに、そのときだけは真顔だったのだ。

兄が父のかわりというように笑顔になって、「馬鹿だなあ、はる。俺たちはこんなに遠くまで来てるじゃあないか」と、はるの頭を優しく撫でてくれた。

ここまで歩いてこられるなら、もっとずっと遠くまで歩いていけるに決まってるじゃないか。

いまはただ、遠くにいきたいって思ってないだけさ。

大人びた言い方で兄が言って、どうしてかはるはその兄の言葉を素直に信じることができたのだ。完全な大人ではなく、自分に年の近い兄が告げた言葉だったから。それに兄なら、いこうと思えばどこにでもいける人だ。そんな兄が実感をこめて告げた言葉だから、腑《ふ》に落ちた。

父は「うまいことを言う」と、やっと笑って、七輪に火をおこした。

怖かったろう、はる。あの険しい道をおまえは小さな身体でよく歩いた。

大事な娘を一日寝かしつけるために俺は毎日あくせく働いてるんだ。まあ、気にするな。

父の言葉がぽつぽつとはるの耳に届いた。

熱のおかげで視界が潤んでいた。

兄がはるの顔を覗き込み、「はるがいなきゃ、おとっつぁんは昆布の船に乗ってたかもしんないぜ。はるがいてくれてよかったよ」と耳元でささやいた。

昆布の上で焼いた牡蠣からじゅうじゅうと湯気がたって、はるは身を起こして、昆布の舟の牡蠣をちゅるっと啜った。

海をまるごと飲み干すような磯《いそ》の香りが鼻をついて——大人の味だとそう思った。

あの日の牡蠣には葱は添えられていなかった。葱を載せて焼いてもらったのはこの少し後、元気になってからあらためて作ってもらったときのことだ。一度目より二度目のもののほうが贅沢《ぜいたく》で手が込んで美味しいはずなのに、でもどうしてか最初に食べたあの味こそがはるにとっての本物だった。

薬だと思って食え。

父がそう言ったことも覚えている。

なのに妙に美味しく思えたのは、きっと、父と兄の言葉が真実のものだったからなのだろう。嘘《うそ》じゃなかった。本音だった。はるがいたから父も兄もがんばれたのだ。はるも同じだ。大事な人のためならどこまでもがんばることができる。

ふと思う。

昔言われた嬉しかった言葉や、作ってくれた美味しい料理が、いまのはるを支えている。

「たしかに牡蠣ってのは、大人の味だなあ」

過去を懐かしみ無言になったはるに、彦三郎がそう言った。


笹本の背中を見送ったはるは、なるほどなあと胸中でひとりごちていた。

治兵衛はもともと料理人ではなかったのか。

商売の仕方は心得ているが、食べ物を作ることには無頓着。

だから、包丁が錆《さ》びていたのかと腑に落ちた。お店そのものは掃除もされていて、すみずみまで目が行き届いている。材料もいいものがたんとある。商売に手を抜いているわけじゃない。

砥石《といし》だっていいものが置いてある。整理整頓はできていて、布巾《ふきん》も綺麗に洗って畳んである。

なのに商売道具の包丁の手入れを怠っている。

料理の味付けもそんな具合だった。どことなくすべてがちぐはぐなのだ。

仕事ぶりは丁寧なのに、料理そのものをないがしろにしているような。

そして『なずな』を治兵衛がやるようになってまだたったふた月め。

と——障子戸が開き、客が顔を覗かせた。

おそらく治兵衛より少し若いくらいの落ち着いた年齢で、結った髷《まげ》には白いものが混じっている。身につけているのは黒縞《くろしま》の着物と羽織に帯、下駄の鼻緒は渋い臙脂《えんじ》。寒さしのぎなのか、黒い布を首のまわりにぐるりと巻いているのが、やけにさまになっていた。

年が行っているぶん渋みがあって粋である。

男はさらっと店のなかを見回して、手近にあった床几に座る。

「おやおや。こんな早くに彫《ほ》り辰《たつ》さんが起きてくるとは、どういうことだ」

彦三郎が目を丸くした。

「彫り辰さんって……裏店《うらだな》の？」

黒縞の伊達《だて》な男は、辰吉《たつきち》という彫り物師で与七同様、お気楽長屋の住人である。大家に家の場所だけは紹介されたきり、昨日の今日でまだはるは挨拶をしそびれていた。

「おうよ。うちはここの裏側だ。あんないい匂いを飛ばされたら、鯵が食いたくなるに決まってる。久しぶりだよ。こんな朝に目が覚めたのは」

いい迷惑だよと眉を顰《ひそ》めながら、彫り辰は「鯵の開き」と迷うことなくそう言った。まくり上げた左腕からぎょろりと目を剝《む》いた龍の彫り物がちらりと覗く。下っていく龍の彫り物は見事なもので、そのまま躍りだしてこちらに向かってきそうな迫力がある。

「すごいだろう？　男っぷりのいい火消しはだいたい彫り辰さんに彫り物をいれてもらってるんだ。腕がいいから、湯屋でも、町でも、彫り辰さんの入れた絵だってひと目でわかる」

釘付《くぎづ》けになったはるを見て、彦三郎が言葉を添えた。

「はい」

「なんだよ。俺の彫り物に惚《ほ》れたのか。おまえさんの背中に弁天《べんてん》さんでも入れてやろうか？」

にやっと笑ってそう言われ、はるは慌てて首を横に振る。

「そんな立派なものを入れていただくほどの背中の持ちあわせがありません」

「どういう断りかたしてんだい」

彦三郎がぷっと噴いた。彫り辰も笑っている。

はるはすぐに板場に戻り、鰺を焼いて、炊きたてご飯や納豆汁にきんぴらの小皿を並べて膳に運ぶ。

彫り辰はまだどこか眠たげな仏頂面で「これを食ったらまた寝直すってのに、こんなに食えるか。俺はな、もういい年なんだ」と言っていたが――。

納豆汁を啜った途端、目がかっと見開かれた。

「旨い。なんだこれ」

「でしょう？　その味が旨いってことは、彫り辰さんあんたまだまだ若いってこった」

彦三郎がにやにやと笑って胸を張る。

「牡蠣の昆布舟もさ、旨いってよ。はるさん、俺は牡蠣の昆布舟を頼む。あと、ちろりで酒を」

「じゃあ、俺も同じのを」

「ほらほら、やっぱりまだまだお若い。ぺろりとたいらげて酒まで飲んで」

彫り辰はふんと鼻を鳴らしたが満更でもなさそうな顔をして、そうして、出した膳も酒もすべてたいらげて帰っていった。


昼時には与七のところに納豆汁と鯵の開きを膳に載せて運ぶ。それを見た荒物屋の客が「美味しそうじゃないか」と『なずな』の暖簾をくぐってくれた。

その後もぱらぱらと客が来て、納豆汁も牡蠣の昆布舟焼きも好評で、なんとか一日を終えることができたのだった。

「……こんなに客が来たのは、はじめてだ」

店を閉めたあとに治兵衛が床几にへたり込むように座る。

「治兵衛さんは来た端から客を追い払ってたからなあ。これが当たり前の店っていうもんなんだよ、治兵衛さん」

彦三郎にたしなめられて、治兵衛が「うるさいよ」と眉根を寄せる。

昨日のように客の顔を見ることなく終わったらどうしようかと心配だったから、はるはほっと胸を撫でおろしていた。

そうして治兵衛は「疲れた」とぼやきながら帰っていき、彦三郎だけがずるずると残った『なずな』の店先である。

もちろん彦三郎はただ残っているわけではなく、汚れ物を洗ったり、鍋《なべ》を磨いたりと、せっせとはるを手伝ってくれている。そのせいで、治兵衛も彦三郎を引きずって連れて行くわけにもいかなかったようであった。

片づけるものをすべて片づけ終えたところで、

「立ちっぱなしじゃあ、つらいだろう。誰もいないときは座るといいよ」

と、彦三郎がはるに声をかける。

「……はい」

言葉に甘えて、はるは、床几に腰を下ろす。

座ってみると、身体ががちがちに強《こわ》ばって固くなっている。

自覚はしていなかったがどうやらずっととんでもなく緊張しっぱなしだったようだ。

「彦三郎さん、ひどいですよ」

ふたりきりになって、はるは、彦三郎を恨みがましく見返して、つぶやいた。

「なにがひどい？」

「このお店に連れてきてくださったこと……は、とてもありがたかったからいいんですけど。でも、いきなり料理を作らせたり」

「そのおかげで、はるさんは雇ってもらって、住まいも決まった」

「そうです。ありがとうございます。だけど二本差しのお武家さまにわたしの作ったものを食べていただいたり、彫り辰さんとか……」

「ここで働いたら、いろんな客がくる。お武家さまだって彫り物師だって来るさ。はるさんは料理人で相手は客だ。いちいちびっくりしてらんないよ」

「……そうですね。いや、そうじゃなくて……そういえば、わたし、彦三郎さんの押しかけ女房だと勘違いされてしまってますよね。違うのに」

昨日、そういうことになったきり、彦三郎は治兵衛に訂正をしないままだ。

「それに関しては悪かった。でも、はるさんを見てたらじきにみんな間違いだったって気がつくさ。はるさんみたいな地に足ついた女は、俺みたいなのには惚れ込まないと決まっているんだ。だから適当な頃合《ころあ》いで〝一時の気の迷いだって振られたよ〟って俺が言ってまわったら、それで終わるよ。ちゃんと後でそう言って始末をつけるからまかせておいて」

軽く笑っていなされた。

そういう問題ではないと思う。

でもその機転のおかげで、はるは『なずな』に雇ってもらえたのだ。

「もしわたしが失敗したらどうするつもりだったんですか。わたしの料理の腕前なんて、彦三郎さん、知らなかったじゃないですか」

「はるさんは、ちゃんとできるってわかってたから別に不安はなかった」

「そんな馬鹿な。適当なことを言わないでくださいな」

さすがにむっとした口調になったが、彦三郎は平気な顔をしている。

「俺がおまえさんに会った最初に、はるさんは、白湯に生姜《しょうが》の絞り汁をたっぷり入れて出してくれただろう？　まず最初に〝生姜が苦手じゃないですか〟って聞いて、嫌いじゃあないよって返事をしたら〝あったまりますから〟ってさ」

「はい」

彦三郎とはるが出会ったのは、ほんの数日前のことだ。

彦三郎は、はるの兄からの手紙と金一両をたずさえて、江戸から、はるのもとにやって来たのである。

十二歳のときからずっと離ればなれで暮らし、行方《ゆくえ》知れずの兄からの連絡は、彦三郎にとってはたいしたことではなかったのかもしれないが、はるにとっては大事だった。

実を言うと、兄からの手紙と言われて渡されたものも、本物なのかははるにはわからない。だって兄の筆遣いがどうだったかなんて昔すぎて細かく覚えてはいないのだ。それでも金一両は大金で、嘘八百で寄越す理由は思いつかなかった。それだけあれば大人がひと月——場合によってはふた月は暮らしていける。

はるが彦三郎に「どんな人がこれを預けたのか」と聞くと、彦三郎は「こんな人だよ」と、さらさらと兄の似顔絵を描《か》いてくれた。

涼やかな目がさらりと筆で描かれる。とおった鼻筋。頑固そうに口角を下げた薄い唇が、目元の甘さを裏切って、印象ほどには柔《やわ》な男ではないのだと見る者に悟らせる。もう十年以上会っていないにもかかわらず、はるは、その絵姿が「兄だ」とわかった。

はるが「兄はきっとこんなふうになっている」と思い描いた寅吉の姿が、そこにはあったのだ。

どこで出会ったのかと聞くと「江戸の深川の茶屋で」と彦三郎が言った。

兄の姿を目に留めた彦三郎は、思わずその場で絵筆をとって兄の姿を描いてしまったのだという。それくらい色男だったんだよとは彦三郎の伝である。

しかしそれを見咎《みとが》めた兄が、彦三郎の手元から絵を取り上げて破り捨てたのだ、と。男は笠《かさ》をかぶって顔を隠していたのだと、彦三郎はそう言った。

ひと目を避けている風情《ふぜい》が理由《わけ》ありで、そんな男の笠の奥の姿を盗み見て目の前で描いてしまった自分は考えなしで馬鹿だった。しかし、そのまま因縁をつけられて殴られるか金でも取られるかと思いきや、兄は、彦三郎にはるへの伝言と金を送り届けてくれと頼んだのだそうだ。

おもしろそうだと素直に引き受ける彦三郎も彦三郎だが、通りすがりの一面識もない男にそんなことを頼む兄もまた兄だと、彦三郎の話を聞いて、はるは呆れてしまった。

もっとも「俺が相手を知らないだけで、相手は俺を知っていたんだろうっていう気はするのさ。なにせ俺にとっては馴染《なじ》みの茶屋だから、みんなが俺のことをあれこれ言う。こっちの素姓は相手にはばれている」と彦三郎はのほほんと笑っていたが。

とはいえ、そういう経緯《いきさつ》で兄に頼まれ、はるのところにやって来た彦三郎に「だったらわたしは兄を捜しに江戸にいきたいから力を貸してください」と頼み込んだ、はるもまた、はるである。

三人三様に、とんでもない。

その、無茶と無謀がうまい具合に嚙み合って、いま、はるはここにいるのだ。

「寒くて疲れていたところに、はるさんのあの白湯を一口飲んだ途端、口んなかから胃の縁《へり》までぴりっと痺《しび》れてあったまった。なにも言わずに出すんじゃあなくて、最初に好き嫌いを聞いてくれたのも気遣いがあるなって感心したんだ。それで、誰に教わって白湯をこんな飲ませ方にしているんだいって聞いたら、おまえさんが自分で考えたっていうじゃないか」

彦三郎との出会いを思い返すはるに、彦三郎がそう続ける。

「はい」

せっかく兄からの言伝《ことづて》を持って訪れてくれた彦三郎に出すものがなにもなくて、だから、はるは、せめて少しでもあたたかくなってもらおうと、生姜を絞った白湯を出した。

「口に入れるもんに、あれこれと創意工夫をして暮らしてるんだろうってのはそれだけで伝わった。旨かったかっていうと微妙だったけど」

「ごめんなさい」

うなだれると、彦三郎が「いやいや」と首を振る。

「贅沢できないおまえさんのところの、精一杯が、あの白湯だったのかなと思うと、それが嬉しかった。その後に、渡した一両をすぐに親戚《しんせき》に差しだしただろう？」

「はい」

ずっと育ててくれた人たちに恩返しをしたかった。

「あれで、人柄もなんとなくだが、つかめた気がしたんだよなあ。いい娘さんだなって思ったんだ。そのうえで、俺が〝あんたの兄さんは理由ありだから、捜しにいったところでたやすく見つかる気がしない〟って言っても、まったく引きそうにもないし、思いつめた顔してさ。こりゃあ、ひとりきりでも江戸にいくんだろうな。そういうところは無鉄砲なんだろうってわかったさ」

「……ごめんなさい」

「いいよ、それも別に。それで、ほっとけないなと思って、じゃあ一緒に連れて行くよと言ったらさ、おまえさんは、江戸に来るって決めたら最初にぬか床を瓶《かめ》につめて背負ったじゃないか」

「はい」

「そんなこんなでさ、道中でも思ったのさ。はるさんは食べることと作ることに熱意があるって。だったら料理を出す店に仕事を探すのが一番かもしれないなあってさ。それも、茶屋の女中じゃなく、自分の手で料理が出せるような」

　ほら、と彦三郎は自慢げな顔をする。

「適当に連れてきたわけじゃないんだよ。どっちにしろ、この店には、治兵衛さんじゃない料理人が必要だった。割れ鍋に綴《と》じ蓋《ぶた》さ」

「彦三郎さん、その喩《たと》えはひどいわ」

　どちらが割れた鍋で、どちらが綴じた蓋だろう。

　小さく笑うと、彦三郎も一緒に微笑《ほほえ》む。

「仕方ないだろ。治兵衛さんはもともと料理人じゃあないからさ」

「生薬問屋のご隠居さんだったんですね。それがまた、どうして『なずな』をやることになったのかを聞いてもいいですか？」

「長い話になるし、湿っぽくなるけど、いいかい？」

　彦三郎がそう聞いてきた。

「ええ」

　だったらと、彦三郎も床几に座る。

「この『なずな』はね、治兵衛さんの息子の店だったんだ」

「息子さん？」

「ああ。治兵衛さんには息子がふたりいてね、長男の長一郎《ちょういちろう》さんは小さなときから算盤に長《た》けていて、生薬問屋を継ぐことは決まってた。長男だしね。その一方、次男坊のほうはね、ぼんくらだった」

ぼんくらって、と、はるは彦三郎に非難のまなざしを向ける。

「悪い意味じゃあないよ。いい意味でもないけど。次男の直二郎《なおじろう》は、俺の幼なじみだったんだ。俺は貧乏長屋の暮らしで、本当なら直二郎と仲良くなれる人間じゃなかった。それが寺子屋で知り合って、そのままずっと気が合って、あちこち悪さをしてまわる仲になった」

あ、といってもたいした悪さはしてないからね、と彦三郎が念を押す。

「くだらない悪戯《いたずら》さ。直二郎はなんせ善人だったから。近所のみんなには、俺と直二郎は、ぼんくらその一とその二みたいな扱いだったな。というより、まあ、俺が直二郎の金魚の糞《ふん》だった。俺はしょっちゅういろんなことに嫌気がさして、へこたれる質《たち》で、直二郎はいつもそんな俺のことを長屋から引きずりだして外に連れていく。賭場《とば》にこもったら怒鳴って引きずり出すし、酒でつぶれていたら水をかけられる」

「彦三郎さんて本当にかなり駄目な男なんですね」

呆れて言うが、彦三郎は胸を張った。

「その通り。一方、直二郎は明るくていい男でさあ……」

男が惚れる男というやつなのだろうか。

彦三郎は優しい顔をして、直二郎について語っている。

「俺はずっと直二郎の側《そば》にいて、憧《あこが》れて、ああいうふうになりてぇなって真似《まね》して過ごしてきたのよ。とにかく優しくて、おおらかで、でもここ一番では頼りになる男でね。あとは寡黙なんだよなあ。俺みたいにへらへらと話すんじゃあなく、ここぞっていうときにしっかり語れる。そもそもが行動でぱしっと決めてくれる。……そういうところは、治兵衛さんに少しだけ似ていたかもしれないね」

治兵衛さんも、やるときはやるっていう男気の人だから。

彦三郎がそう言って、ふとうつむく。

「直二郎は、なにより料理と食べることが好きな男だった……。だから『なずな』をはじめたんだ。大きな店の息子で婿養子の話もあったのに、その話を蹴《け》って、いきなりひとりで金をこさえて、自分の力で一膳飯屋《いちぜんめしや》をはじめちまってさ」

驚いたけど、一膳飯屋の主《あるじ》ってのは案外、奴《やつ》の気性に合ってたんだよ。

美味《うま》いものが好きで、作るのが好き。作ったものを美味しいって食べる人間の顔を見るのも好き。

しかも、そこにいるだけで皆がゆったりとした心地になれる、春の陽気みたいな男だったから。

「……ただ、どういうわけか、ちょっと抜けたところがあったのがよくなかったんだな。抜けたっていうか……はっきり言えば、運が悪かった」

「運が悪かったって」

そんな言いかたをと、ぽかんと聞き返すはるに、彦三郎は真顔で応じた。

「運が悪いんだよ。だって人助けをしようとして事故で亡くなっちまったんだからさ。この夏のことさ。直二郎は俺と同い年だぜ。まだまだこれからじゃねぇか」

彦三郎の目に涙が滲《にじ》む。指先で軽く目尻《めじり》を拭《ぬぐ》って、ふうっと息を吐く。

「通りすがりの子どもを助けようとしたんだよ」

子どもが、荷物を積み上げて通りを走り抜ける大八車の車輪に巻き込まれかけた。咄嗟《とっさ》に走り寄り、その子どものことは救ったが、直二郎本人は崩れた荷物の下敷きになったのだと、訥々《とつとつ》とことの経緯を彦三郎が語る。

言葉を無理に喉から絞りだすような、そんな口ぶりだった。

大八車から子どもをかばったすぐ後に平気な顔で立ち上がり、救いだした子どものことを気にかけたうえで、崩れた荷物をあらためて大八車に載せ直す手伝いまでしたのだが——。

「その日の夜に〝頭が痛い〟って寝込んで、それきりだ。心配する客みんなに『寝りゃあ治るさ』って笑ってさ。それで――次の日、店の前に暖簾がかからなかった。おかしいってことになって、治兵衛さんが直二郎の様子を見にきたときにはもう息をしていなかったんだ」

暑い夏の一日、葬儀のときだけ空を丸ごとひっくり返して雨を洗いざらい振り落としたみたいな豪雨になった。

葬儀のあいだも治兵衛は涙を見せなかった。

治兵衛の妻も五年前に病で亡くなっていたものだから、弔問客に挨拶をする治兵衛の隣に立つのは長男の長一郎だけ。長一郎の目は真っ赤だったけれど涙は一滴たりとも零さなかった。もともと己にも他人にも厳しい長男は、いつも以上に姿勢を正して足を踏ん張っていた。

ひと目もはばからず泣きじゃくっていたのは肉親ではなく彦三郎で、あまりにも泣きすぎて、とうとう治兵衛が彦三郎の背中を黙ってさすりだす始末で。

「治兵衛さん、葬儀が終わった後で、雨が降り止《や》んだ真っ暗な夜空を見て、途方に暮れた顔になってさ。こう、言ったんだよ」

うちには売るほど薬があるっていうのに息子の命を救えやしなかったねえ、と。

「そのまま隠居して、長男に中野屋の店を譲って退いた。隠居するにもすったもんだがあったらしいよ。まだ早いって手代にも長一郎さんにも引き止められたんだそうだ。たぶん、店のみんなは、治兵衛さんが時間をもてあますことを心配して引き止めたんだろうと思っているよ。暇になると人間ってのはろくなことを考えないもんだからさ」

案の定、隠居をしてしばらくは治兵衛さんは憂鬱《ゆううつ》そうにぼんやりしていたらしいんだ。

巷《ちまた》では、治兵衛さんは呆《ほう》けたなんて噂《うわさ》が出るようになるくらいにね。

「……まさか。しっかりしていらっしゃるのに」

そうだねと、彦三郎が笑う。

「治兵衛さんはそんなふうにしてて、一方、俺はっていうと、意気地のない駄目な男なもんだから、いきなりいろんなことに嫌気がさして、そんときに来ていた仕事は投げだしちまった。それを聞きつけた治兵衛さんが、わざわざ俺の長屋に来て、怒って『あんたは生きてるんだから無駄に過ごすな。そんなことじゃ駄目だ』って、引きずり出したんだ」

まったくもってあの人は、年は取っても腕っぷしが強いんだと、彦三郎が首を振る。

いい迷惑だと思ったし、ほっといてくれって怒鳴り返したけれど――それでもどうしてか嬉しかったよ。

直二郎の父親は、直二郎に似てんだなあって思ったんだ。

たぶんそう言ったら治兵衛さんは「直二郎があたしに似たんだよ。あたしが直二郎に似てるんじゃあない」って言って怒るんだろうけど。

「何度もそうやって長屋に俺を引きずり出しにきてくれるうちに、俺は、治兵衛さんと仲良く話をする間柄になっちまった。直二郎が生きてたときはあんな頑固者の男に懐くことなんて、なかったのにさ。変なもんだね」

はるは、彦三郎の話にうなずいた。

お互いに寂しさと悲しみを抱えたまま、怒って、怒られて、言い返して、こづかれて、笑いながら屁理屈《へりくつ》をこねて――そうしているうちに互いの気持ちの距離が近づいていく治兵衛と彦三郎の様子は、はるにはたやすく想像できる。

「それで、ふた月前さ。治兵衛さんから『なずな』の片づけをするから手伝ってくんなって連絡が来たから、腕まくりして『なずな』に来たんだ。そうしたら、治兵衛さんが自分でこの店をやるって言いだしやがって。料理なんて作ったことがないのに、無茶をする。身体のあちこち痛いって言いながら不慣れな料理に四苦八苦して」

どうしてそんなことしようと思ったのかを彦三郎は聞かなかった。

別に答えなんて知りたくないし、やりたいことをやってくれればと最初はそう思っていたんだよ。

「ただ、それが治兵衛さんのためになるんならそれでもいいけど、だんだんと、そんなふうでもないように見えてきてさ。馴染みだった客もみんな、店が開いた当初は『なずな』に通ってたけど、結局は、治兵衛さんとどうつきあっていったらいいのか、わからなくなった。治兵衛さんに合わせる顔がないって言い出す奴とかさ」

「合わせる顔……？」

「最後に直二郎と会ったのは『なずな』の常連の客たちだけだから」

彦三郎がぽつりとそう、言った。

客が直二郎の不調に気づいていたら直二郎は死ななかったのかもしれない。

早くに治兵衛に連絡していたら、治兵衛がどうにかできたかもしれない。

医者に診《み》てもらえって誰かがいっていたら。

直二郎のもとに医者に連れていくような誰かがいたら。

「考えても詮《せん》のないことなのに、『なずな』で最後に直二郎と会った客たちは、そんな後悔を持ってる。自分らがそうなんだから、親の治兵衛さんだって最後に会った自分らをそう思って恨んでてもおかしくはないって誰かが言いだした。治兵衛さんもあんな人で、愛想がいいわけでもないし」

「………」

「自分より先に子を失うなんて、どれだけやりきれないかって、治兵衛さんを気遣ってたはずが……なんだかおかしな具合になってきて。いつのまにか『なずな』はやけに湿っぽくて堂々とした閑古鳥《かんこどり》を飼った店になったのさ。前の馴染みのほとんどが、もう『なずな』に来やしない。一見《いちげん》の客も、治兵衛さんの料理じゃあ摑《つか》めない。おかげでここの客、態度がでかくてお節介な八っつぁんと、意気地なしの俺だけだ」

それでも治兵衛さんは店を畳みやしないんだよと、彦三郎は力なくつぶやいた。

「そう……なんですね」

誰かがいなくなったとき、いくつもの「もしも」を残された者はいつだって重ねて考えてしまうのだろう。

はるだって、そうだ。

事故で亡くなった父との別離。はるだけを親戚に預け「俺は口入れ屋に頼んで奉公先を探す。その金で、はるのこと食わしてやってくれ」と、はるを置いて去っていったひとつ上の兄。

自分にできることはなかっただろうか。なにかひとつでも物事の順番を入れ替えたなら——父は、兄は、はるの側にまだいてくれたのではないだろうか。

「だから……なんだよ」

と、彦三郎が顔を上げてはるを見た。

「治兵衛さんや俺たちが直二郎を忘れられないままこの店をやるんなら、治兵衛さんの側には新しい誰かがいなきゃよくないって思ったんだ。それで、はるさんを連れてきた」

治兵衛や自分のために、はるが必要だと、彦三郎はそう思ったのか。

「はい」

「それに、下総ではるさんに頼み込まれたとき——広い江戸で人捜しなんてとんでもないって思ったのと一緒に、そうは言ってても相手が生きてるんならいつか会えるかもしれないなって気持ちの隅に浮かんだんだ。俺にはね、おまえさんの望みが、懐《ふところ》に抱えるのにちょうどいい綺麗な夢みたいに聞こえたんだ」

本気で兄さんに会いたいと望んでいるはるさんにとっては、綺麗な夢なんて言葉で片づけられるもんじゃあないとわかってるけど。

俺はだらしのない男だからさ、ごめん。

でもその夢の手伝いを、だから俺はやってみたいと思ったんだよ。

「それで、はるさんが『なずな』に来たらいいと思って、おまえさんをここに連れてきちまった。料理の腕は、見込んだといえば見込んでる。だけど、ここを美味しい飯屋に戻して欲しいわけじゃないんだよ。『なずな』を立て直してくれなんて思っちゃいない。ただ、はるさんと治兵衛さんなら、ちょうどいいかなと思ってさ。——なにがどう、ちょうどいいかはわからないけれど」

「……わからないんですね」

「わからないねえ。それでも、さ。ちょうどいいような気がしたんだよ。みんなの足りないところと、足りてるところと、悲しいところや困ったところがさ、ちゃんと寄り添っていけるようなそんな気がしたんだよ。適当なことをって怒るかい？」

「いえ」

善人だが、駄目な絵師がどうしようもない顔でくしゃりと笑う。

「おまえさんは困ってて、治兵衛さんは困ってる誰かを助けたい人だ。連れてきちまえば、治兵衛さんがはるさんを受け入れてくれるのは、わかってた。あの人は、身よりのない人を、放りだすような人じゃあないからね。駄目な俺のことも家から引きずりだしてくれる、そういう人だ。怖い顔してるけど、いい人だ」

「はい」

「はるさんに、無理に治兵衛さんをどうにかしてくれって言ってるんじゃないんだよ。俺のことだって……俺は自分でどうとでもなるから」

口にしなくてもいいようなことまで口にして、手のうちを晒《さら》すのは善人だが、それは結局、相手になにもかもを放り投げてしまっているのと同じこと。

「彦三郎さんて本当に……」

駄目な男なんだなあと、言うのはやめた。

そんなに何度も駄目だ、駄目だと言うのはよくない。

なのに。

「駄目な男だろ、俺は」

言わずにいた言葉を彦三郎が自身で継ぎ足した。

駄目だけれど、憎めない。そしてはるを助けてくれたのはたしかなことで。

「はい」

「うん、ごめん」

その笑顔に、軽い謝罪の言葉に、はるは、笑い返したのだった。

翌日である。

まだ暗いうちに起きて、支度を終えたはるは、木戸をくぐり、花川戸町のさらに南の木戸脇《わき》にある地蔵菩薩《じぞうぼさつ》の刻まれた石灯籠《いしどうろう》へと足を向けた。

遠い空に瞬く星の明かりがどんどん薄らぎ、消えていく。山の端が明るくなって、闇《やみ》が空から剝《は》がれ落ちる。

夜明け前の蒼《あお》い光が通りに差し込むこのひとときは夜と朝の隙間《すきま》の時間だ。

木戸際でこの町の様子をずっと見守ってくれている地蔵は六体。

優しい顔をした地蔵さまのなかに一体だけ妙に険しい顔をした地蔵が紛れていて、最初に見たときから、はるはその地蔵さまのことを心のなかでこっそり「治兵衛さん」と呼んでいる。

そんなことを言ったら、治兵衛にも、地蔵さまにも怒られるのかもしれないが。

皿に載せた小さなおにぎり六個を地蔵さまの前に置く。

はるは、治兵衛に似た地蔵の眉間のしわに、指をのばしてそっと押さえた。

「お気楽長屋に一昨日《おととい》からいる、はると申します」

そう口に出してみて、ああ、自分はあの長屋の住人になったのだなとぽかんと思う。

独り身ばかりのお気楽長屋。実際、はるはこの年になってもまだ独り身だから、あそこで暮らすにはきっとちょうどいい。

それから、なにを言おうか、願おうか。

つかの間、迷ったのだけれど。

「今日も一日、がんばります」

それしかはるには言うことがない。

祈るでもなく、願うでもなく、自分自身にただ活を入れる。村にいたときから、はるは、そういうふうであったのだ。

「ああ……それから、村にいる太郎坊と叔父さんと叔母さんがたんと食べて元気で過ごしてくれますように」

自分がいまここにいるのは、美味しいものが好きだった父親との日々と——太郎坊にひもじい顔をさせたくなくて、必死にやってきた料理の創意工夫のおかげだと、しんみりと思う。

空腹のあとに食べたものの美味しさと、作った料理を誰かが食べて笑顔になってくれるときの幸福が心をほんわりと温かくする。

「わたし……料理を作るのが好きです。ここに来られて、嬉しいです」

治兵衛さん似の地蔵に小声で話しかけ、うつむいた。

遠くのほうで「なっとう～、なっとなっとう～」と納豆売りの声がする。「とうふー、ごまいりー、がんもどきー」と豆腐売りの声もする。

ぼてふりの声が聞こえてきたら、もう朝だ。

顔を上げ、帯と着物のあいだに差し入れている紙入れを手で押さえる。銭は入っていないのだが、彦三郎に描いてもらった兄の似姿を大事に畳んで紙入れに挟んであった。

第三章　心をあたためる冬のあんかけ茶碗蒸し

寒さでかちこちに身体《からだ》が凍りつきそうな、霜月《しもつき》の朝である。

『なずな』の竈《かまど》に火を入れて、はるは、ぷくぷくと煮える湯のなかに白い卵を殻つきのまま落とす。

卵は高いので、いまの『なずな』では仕入れるのにも少しばかり気後れがする。

そのまま放《ほう》っておくのは御法度で、たまに卵を箸《はし》でくるくると転がしてやる。そうしないと茹《ゆ》でた卵の黄身がちゃんと真ん中にまとまらないのだ。頃合《ころあ》いだなと見計らって、湯を捨てて、卵を冷たい水のなかに落とし殻を剝《む》く。丁寧に慎重に。殻に白身をもっていかれないように。

つるんと綺麗《きれい》に殻が剝けるとささやかな幸せを感じる。

さあ、今日はこれを使ってなにを作ろうとはるは考える。

材料の仕入れや献立は、来たばかりのときは治兵衛にひとつひとつお伺いをたてていた。が、いつも治兵衛は「好きにしな」とはるにまかせる。

それが、楽しくて仕方ない。

ぼてふりから買った蛤《はまぐり》は盥《たらい》のなかで砂を吐いている。旬ではないが冬の蛤もおつなものだ。寒の入りには蛤雑煮を食べる家も多い。寒くなったから鍋《なべ》がいいが、そのまま焼いてちょろっと出汁《だし》醬油《じょうゆ》をかけて食べるのも美味《おい》しいだろう。

牡蠣のぷりっとしたものが今日も手に入ったから、醬油で洗って、酒で戻した昆布の上で焼こう。笹本に出した牡蠣の昆布《こんぶ》舟焼きは他の客にも好評で、すっかり『なずな』の定番の料理となっていた。

長芋はすりおろしてもいいし、短冊に切って酢醬油でもいい。昼のあいだにさばききれなくて残ったときは、すりおろしたものにほぐした塩鮭《しおざけ》を混ぜて海苔《のり》に包んで揚げると、これがいい塩気で酒のつまみになる。

いつものぬか漬けときんぴらごぼう、昆布豆はもちろん見世棚に並べている。

花川戸の表通りは大川に沿うように南北にのびている。ここの往来が増えるのはだいたい浅草寺への参詣客《さんけいきゃく》が引き上げる昼九つ（十二時）過ぎである。浅草雷門前の広小路の道は変わらず屋台が建ち並び、白い息を吐いて人が押し合いへしあいしている。

これから年末に向けてが浅草近辺の店の稼ぎ時だ。

浅草寺詣《もう》での客だけではない。大川橋の対岸は向島、山谷堀《さんやぼり》を舟で行けば吉原遊郭《よしわら》。二銭払って大川橋を渡るか、あるいは猪牙舟《ちょきぶね》を使って吉原に遊びにいくか——どちらにしろ遊びに向かう客のうちの何人かは、出がけにこの花川戸で「ちょっと一杯の景気づけ」と酒をひっかけていく。

手元にある帳簿にしるされたかつての『なずな』の仕入れの量とにらめっこをした結果、年末に向けてのこのふた月が『なずな』のかき入れ時だということを知ったはるである。

まだまだ以前の『なずな』にはほど遠いが、それでもはるが来てから『なずな』の客は少しずつ増えている。このまま一気にぐんと売上げを増やしたい。

おおよその人の出入りを把握したはるは、治兵衛に「朝はのんびり来てください」と霜月になってからお願いをした。

働くはるの側《そば》で長煙管《ながぎせる》をふかしているのはかまわなかったが、わざわざ寒い時間にあわせて外を歩いてくる必要もない。治兵衛は「そうか」と納得し、以来、昼四つ（午前十時）を過ぎたくらいに『なずな』に顔を見せるようになっていた。

ちらりと店の柱を見る。

そこには、ついこのあいだの酉《とり》の市で、彦三郎が買ってきてくれた縁起物の熊手《くまで》が飾られている。

商売繁盛と家内安全の札に、笑顔のおたふく。赤や緑の飾りがにぎやかな熊手は、幸福とお金をたくさんかき集めてくれると言われている。

色がたくさんあって景気がいい熊手を入り口に向けて柱の高いところに飾ると、それだけで一気に店が華やかになった。

これでもっとお客さんがくるに違いないと思えたくらいだ。

「がんばらなくちゃ」

ひととおり帳簿を眺めてから、はるは大事にそれをまたしまい込んだのだった。


その日もはるがあれこれ手を動かしているうちに——。

浅草寺で昼四つの鐘が鳴り、治兵衛のお出ましだ。

今日は店に入ってきた途端、

「一段と冷える。もしかしたら今夜あたり初雪が降るかもしれないよ」

とはるに言う。

治兵衛の天気の予測はよく当たる。はるがずっと世話をしていた里の年寄りも、自分の身体の節々の痛みで空模様を当てていたから、きっとそれなのではと、はるは見当をつけている。

だとしたら今日の治兵衛は膝《ひざ》が痛いはずだ。

正座で座るのは、つらいだろう。こんなときは小上がりではなく膝を折らずに座れる床几《しょうぎ》がいい。はるは火鉢を床几の端に置いた。

寒い寒いと言いながら、治兵衛は床几に腰かけて、火鉢の縁《へり》に貼《は》りついた。

治兵衛はそこでいつも水を一杯、飲むのだけれど、はるはふと思いたち、

「治兵衛さん、生姜《しょうが》は苦手じゃあないですか?」

と尋ねる。

「生姜は好きだよ。なんでだい」

返事を聞いて、はるは、生姜の絞り汁を混ぜた白湯に砂糖を溶かして手渡した。彦三郎に飲ませたときは砂糖なしのものだったから、身体はあったまるけれど美味しくはない飲み物だった。が、甘みを足せば、あったまるうえに美味しい飲み物になる。

「生姜湯です。飲んでください」

「なるほどな。お腹《なか》のなかをあたためると身体の外側もじんわり温かくなるもんだ。

気が利いているね、ありがとう」

　もとは生薬問屋のご隠居だ。生姜の効能については熟知している。

　治兵衛は生姜湯に口をつけ「旨《うま》い。甘みがちょうどいいね」と、うなずいた。

「身体が冷え切っていたもんだから、やけに美味しく感じるよ」

「だったら、よかったです」

　そうしたらからりと障子戸《しょうじど》が開き、治兵衛を追いかけてでもいたかのように八兵衛がひょいと顔を覗《のぞ》かせた。

「羅宇屋《らうや》〜、煙管〜」

　羅宇屋の売り声をとってつけたように発しながら、商売道具を詰めた箱を床几に置いて、治兵衛の前にどしりと座る。

「そろそろ治兵衛さんの煙管はつまってんじゃねぇかと思ってさ」

「押し駆け羅宇屋なんて見たこともねぇよ」

「いま見てるだろ。それに本当にそろそろヤニがつまって味も悪いし吸いにくくなってきてるはずだ」

　手を差しだした八兵衛に、治兵衛は懐《ふところ》から長煙管を取りだして「当たってるから言い返せないね」と、ぽいと渡した。

「どれ。ちょいとそこを借りるよ」

　商売道具と長煙管を持って、八兵衛は小上がりへと場所を移した。羅宇屋で使う小さな火鉢を箱から出して、火を点《つ》ける。しばらく炭団《たどん》を熱してから、そこに煙管の雁首《がんくび》をぐいっと突き差した。

「はるさん」

　八兵衛は器用に手を動かしながらはるに話しかけた。

「はい」

「彦のやつに描《か》いてもらったあんたの兄さんの似姿を持ってまわってみたけどさ、残念なことに知ってるって人はいなかった」

「……はい」

　彦三郎が兄と出会ったという深川の茶屋には、江戸に来てすぐに尋ねにいった。似顔絵を見せて聞いてみたが、兄は彦三郎と会った日に訪れたきりの客であったらしい。なにひとつ手がかりはなく、兄の住まいも、仕事もわからずじまいで帰宅した。

　岡《おか》っ引《ぴ》きの八兵衛が聞いてまわって見つからなかったのかと肩を落とす。

「役に立たなくてすまなかったな」

「いいえ。とんでもないです」

八兵衛は煙管を炭団から引き抜いて、熱されて緩くなった雁首を万力《まんりき》を使って器用に取り外す。今度はくるりと煙管を返し、炭団に吸い口を差し込んだ。吸い口があたたまるまでのあいだ、抜いた雁首につまったヤニを紙縒《こより》を使って丹念に掃除する。

八兵衛の手つきはひどく繊細で、おおざっぱな男と見えて実はこういう一面もあるのだなとはるはしみじみとその手先を見つめてしまった。

「でも役に立たなくてもやるこたぁやった。捜してまわったぶんはただ働きはごめんだぜ。今日の飯と酒は、はるさんの奢《おご》りで頼むよ。そういう約束だったしな」

というところは、やっぱりいつもの八兵衛だったけれど。

「はい」

うなずいて、はるは八兵衛に「じゃあ、せっかくだから卵なますを食べてください」とお願いをした。

「卵なます？　なんでぇ、それは？」

口で説明するより食べてもらったほうが早い。

はるは、茹でた卵の黄身を梅干しを使って作る煎《い》り酒であえて、残った白身を薄切りにする。

酒に梅干しと鰹節《かつおぶし》を入れて煮立てたものが煎り酒である。ぷーんと鰹のいい匂《にお》いがして、旨味と塩味と酸味が混じりあっているこのタレはたいていの料理に合うので重宝している。

それとは別に、熱した鍋に溶いた卵の液を落とす。

じゅっと強い音がして、箸で一回だけ大きめに軽くかき混ぜる。あとは鍋の柄を持ってくるりと回し、鍋の火加減を見て焦げないように気をつけて、薄焼き卵を作る。

熱々のそれをつまみあげ、破れないように気をつけて俎板《まないた》に載せた。

細切りにした薄焼き卵と、熬り酒あえの黄身と白身とを混ぜあわせれば、見た目がふわりと黄色く華やかで、舌触りが優しい卵のなますができあがる。

黄色が映えるように白い皿に載せ、治兵衛と八兵衛へと運んでいった。

「これが卵なますっていうやつかい……？」

ひとくち食べて、治兵衛が首を傾《かし》げている。

「熬り酒で卵をあえました」

八兵衛は治兵衛の様子を見てから、気乗りしない顔つきで卵なますに箸をつけた。

馴染《なじ》みのある味が好きで、新しいものには飛びつかないのが八兵衛だ。

「熬り酒は、あんたの梅干しで作ったんだね」

治兵衛が思案顔で聞いてきた。

「はい。あの……美味しいですか？　それとも」

「まずくは、ない。ところで、年が明けたら藪入《やぶい》りがあるね。はるさんは、下総に里帰りするつもりかい？　すす払いも年の市もまだなのに来年の話をするなんて、鬼に笑われちまいそうだけど」

「いえ」

「そうかい。だったら、はるさんの持ってきた梅干しが尽きちまうね。大事に使うといい」

「はい」

「あんたの梅干しは美味しいから、来年はうちで、たんと梅をつけてもらわないとならないな」

治兵衛はそれ以上、卵なますには手をつけなかった。

八兵衛も少し食べただけで「俺は掃除の続きをしないとならねぇから」と皿を遠ざけた。

卵なますはどうやら不評なようであった。

昼時になれば隣の与七に、膳《ぜん》を運ぶ。

長屋のみんなも二日に一度は顔を見せてくれる。

彦三郎はだいたいどこかで顔を出し、八兵衛も一日に一度は『なずな』で一杯引っかけて去っていく。

だから最初の日のような閑古鳥《かんこどり》とはもう無縁だ。

とはいえ、この人数だけでは先細るのも見えていた。前の店主の直二郎の残した帳面の数字にはまったく追いつきそうにない。

治兵衛がこの店の行く末についてどう考えているのかは、はるには見えない。生薬問屋と畑違いとはいえ商いをしてきた人なのだから、無策のはずはないと思うのだけれど、客を増やそうという意志は治兵衛からはとんと窺《うかが》えないのであった。

はるだけが気負っているのは、どういうものかと焦《じ》れてしまうのだけれど、いまのはるには、どうにもできない。

はるにできるのは『なずな』に置いてもらえる恩返しとして、精一杯働いて、毎日、自分が美味しいと思えるものを、心を込めて、作るだけ。

真面目《まじめ》に目の前のことを努力するだけ。

と——入り口の戸が開いてぴゅうっと風が吹き込んだ。

「いらっしゃいませ」

暖簾《のれん》を片手で上げて入ったきたのは、紺地の唐桟織《とうざんおり》を着こなした艶《つや》のある美人と、六尺をこえるほどの巨軀《きょく》の男であった。

「お、冬水《とうすい》先生としげさんじゃあねぇか」

煙管掃除の手を止めて、八兵衛がそう言った。

「はるちゃん、その人は有名な戯作者《げさくしゃ》の先生だ。梅亭《ばいてい》冬水先生と、その奥方のしげさんだ」

はるがぺこりと頭を下げると、しげが着物の前裾《まえすそ》を片手で押さえ柔らかく腰を屈《かが》めて挨拶《あいさつ》をした。仕草のひとつひとつが妙に色っぽい。色白で、切れ長の目が涼やかで、ほおっと息を漏らしてしまいそうな美人である。

一方、夫のほうは、細筆で横に線を引いたかのような眠そうな糸目に、高い鼻と、薄い唇。厚みのある胸元や長身とあいまって、独特の威圧感のある風貌《ふうぼう》で、彼が入ってきた途端、一気に店が狭くなったような気さえした。

「最近とんとこっちに足を向けてなかったんだけど……八っつぁんに、ここが一膳飯屋に戻ったからって言われてさ。あたしたちは前はよくここでお昼をいただいたもんなんですよ。ねぇ、あんた？」

振り返って言うと、冬水がうなずく。

「納豆汁ときんぴらと牡蠣の昆布舟焼きが旨いと聞いた」

ふたりが小上がりに座る。八兵衛は煙管の吸い口の掃除も終えて、新しい羅宇竹を、小さな穴のあいた板にはめてすげている。

「今日は納豆汁はやってないんです。そのかわり蛤があるから蛤鍋ができます。牡蠣は牡蠣飯にもできますよ」

言いながらはるは手早く長芋を取りだし短冊にして、わさび醤油をかける。

できたばかりの長芋の短冊あえと一緒に、小鉢にきんぴらと煮豆を盛りつけて、用意した膳に載せてそれぞれの前に置く。里から持ってきたぬか床で漬けた、ぬか漬けの皿も用意する。ぬか漬けは一見《いちげん》の客たちにも評判がよくて、これだけは、みんなぽりぽりといい音を立てて皿を空にするのである。

「あとは……卵なますもあるけど、試していってくれるかい」

そう言ったのは治兵衛だった。はるは治兵衛と八兵衛の様子に、おそらくこれは失敗作だろうとうなだれてしまっていたのだが。

「卵なます？　食べたことないね。それにしよう。酒もつけてくれ。しげもそれでいいな？」

「いいわよ。あたしは蛤鍋も食べたいわ。あんたは焼いたのが好きなのよね？」

「おまえが鍋がいいっていうなら鍋にしよう」

冬水夫婦が顔を見合わせそう言った。

「はいっ。卵なますと蛤鍋ですね」

見世棚の隙間《すきま》から、立ち働くはるをじっと見て、冬水がふいに口を開いた。

「あんたが料理をするのかい」

ああ、とはるは思う。

しばらく誰《だれ》にも言われなかったからちょっとだけ忘れかけていた。女の料理なんて金を払ってまで食いたいものかという、あれだ。

「はい」

はるはまっすぐ冬水を見返し、それだけ答えた。女だって料理ができるだとか、美味しいものを作っているだとか、そんなことをはるの口から言い返したって仕方ないのだ。

なににお金を払いたいのかを決めるのは客だ。

美味しいかどうかも食べた側が、自分の舌と腹で決める。

まず、食べてもらいたい。そして「また食べたい」と思わせたい。

はるの胃がきりきりと痛む。緊張で頰《ほお》が強《こわ》ばる。

冬水は、はるをじっと見つめ、

「……そうか。男ができるたいていのことは女にもできる。あんたの料理が旨いかどうかは食べてから自分で決めることにしよう」

と、そう言った。

八兵衛は冬水たちには頓着せずに羅宇屋の仕事をやり終えて治兵衛に渡し、空いていた床几に場所を移した。治兵衛に頼んで徳利《とっくり》をもらい、小皿にきんぴらを取りわけてもらい、のほほんとして舌鼓を打っている。

「何回食っても、はるさんのきんぴらは旨いねえ。ぴりっと辛いのが、酒に合う」

その暢気《のんき》さが、はるにはありがたかった。下手に「女だけど旨いものを作る」とか、そんな通り一遍のことを言われるよりは、ずっといい。

美味しそうに食べてくれるその姿にこそ、勇気をもらえる。

冬水夫婦の床几の火鉢に蛤鍋を運ぶ。ふつふつと煮えてきた鍋の蓋《ふた》の隙間で汁が滲《にじ》みでる。噴きこぼれる寸前で蓋を開けると、澄んだ出汁のなかで蛤が口をぱかっと開いてぷっくりと煮えていた。

蛤の口が開いたら、さっと煮立てる程度でとめておいたほうが旨みが逃げない。

しげがさっそく蛤を箸と手でつまみあげて口をつける。ちゅるんと出汁汁と蛤の身を啜《すす》って、

「……美味しい」

とうっとりとした声でつぶやいた。

しかし、冬水はというときんぴらごぼうや煮豆を食べているが、まだ蛤鍋には手をつけない。

どうして……と、はるはちらちらと冬水を見やる。

やはり女の料理人の作る汁物なんてと、そう思っているのだろうか。

が、はるが心配そうに見ていることに気づいたしげが、鈴を転がすような笑い声を上げて、

「そんな心配そうな顔しなくてもいいわよ。この人ね、猫舌なのよ。さめるまで待ってるだけよ。ね？」

なるほどと、はるは思う。熱いものを熱いときに食べるのが美味しいと思っていたけれど、そういえば世の中には猫舌の人もいる。

「うむ」

重々しくうなずく冬水の目の前から蛤をとりわけた椀《わん》をさらって「さましたげるわ

よ」とふうふうと息を吹きかける。そのついでに椀に口をつけてちゅっと飲むふりもする。

「こら……私の分まで飲むつもりか」

「ちゃんと、さめたかどうか確認しただけ。はい、どうぞ」

しげが笑って、冬水へと椀を返した。

「そうか。ありがとう。すまないな」

「どういたしまして」

顔を見合わせるふたりを見て、八兵衛が「猫舌だっていうのに、戯作者先生んとこは本当にいつでも熱々で、なんかっちゃあ、いちゃついてやがる。ごちそうさまだぜ」と天を仰いだ。

「蛤を全部食べ終えても出汁汁は残しておいてくださいね。そこに豆腐と長ねぎを入れて二回目の鍋を楽しんでいただきたいので」

はるが言うと、冬水としげがまた顔を見合わせてにっこりと笑った。

「あんた、じゃあ三回目まで持たせて雑炊《ぞうすい》にしてもらいましょうよ」

「そりゃあたまらないね。いい案だ」

「はいっ」

そしてやっと冬水が神妙な顔になって蛤鍋に口をつける。蛤を食べるより先に、椀によそった出汁汁を飲むようである。昆布と鰹節のあわせ出汁に、蛤の旨味もくわわっているのだからまずいはずはないのだが――。

ずずっという音がした。

はるは固唾《かたず》を飲んで見守った。

冬水の細い目がかっと見開かれる。

「旨い」

向かいに座る、しげが「ふふ」と小さな声を零《こぼ》して「でしょう」と小首を傾げた。

思わずはるはほうっと胸を撫《な》でおろす。

治兵衛が徳利を持っていく。ふたりは徳利を傾けてさしつさされつしながら、蛤鍋ときんぴらごぼうを味わっている。

はるは、治兵衛と八兵衛に出したのと同じように作った卵なますを、冬水夫婦の膳につけた。本当は治兵衛たちに出したものとは別な味にしたかった。が、煎り酒の味はもう決まっているから、味にひと工夫をくわえる余裕がなかったのだ。

そのかわり卵なますとは別に、卵を使った料理をもう一品、増やす。

朝のうちに茹でた里芋に醬油をひとまわしかけてから、すり鉢に入れて、すり潰《つぶ》す。

続いて、流しの脇《わき》に置いてある卵をひとつそうっと割って、卵黄だけを器に落とす。真っ黄色でぷくっと丸いそれに、酢と油を入れてかき混ぜていくと、とろりとした乳白色の液体へと変わっていった。ちょっとだけ箸ですくい、味を確認してから、すり潰した里芋と混ぜあわせる。

普通の黄身酢とは作り方が違うが、はるが考えたものである。

器に盛りつけ、胡麻《ごま》と鰹節をぱらりとかけて、卵なますの次に冬水夫婦に「どうぞ」と差しだした。

「こちらが卵なますで、それから……こちらは里芋の黄身あえです。もしよかったら食べてみてください」

頼まれてもいないのに勝手に作ってしまったが、

「あら……両方、はじめての味」

しげは嬉《うれ》しそうに受け取ってくれた。

しかし、冬水は卵なますをひとくち食べて無言でその皿をしげのもとに寄せた。気に入らなかったということだ。

しげはというと卵なますを無言で食べたが、里芋の黄身あえには、蛤鍋のとき同様に目を細めて「美味しい」と言葉を漏らす。

「食べたことのない味だけど、ねっとりとした舌触りに、口んなかにふわっとなるこの味は……なにかしら」

「卵です」

「卵……へえ。だから黄身あえか。黄身であえているんだねえ。変わってる。あんたも一口食べてみたら？」

冬水に勧めるが「いらない」とそっけない。

「そうなの？　美味しいのに。……これはよその店で食べたことない味だわね。そういえば、直二郎さんもたまにこういう風変わりなものを出してくれたわ」

しげが、治兵衛をちらりと見てから小声でつぶやいた。

そうか。『なずな』に以前はよく来てくれていたということは、冬水夫婦は直二郎の味が好きで通っていた客なのだ。

治兵衛が直二郎の父親であることは、しげも知っているのだろう。

「直二郎さんの料理は風変わりだったことはなかった気がするが」

冬水が首を傾げ、しげが「あんたはいつも同じものしか食べないもの。卵料理ってなるとだし巻き卵って決めてたでしょう」と肩をすくめる。

「あ、だけど……あんた茶碗蒸し《ちゃわんむ》しは好きだったじゃないの。直二郎さんの茶碗蒸しは、西のほうの料理だって聞いたわね。このへんじゃ食べたことのない新しい味だった。それでさ、とろっとした〝あん〟がかかってたんだよね」

「あれは……旨かったな」

「そうよねえ。季節ごとに工夫をこらしたあんかけでさあ。あんの部分が、あたし、好きだったのよ。秋はきのこのあんかけで……夏なんかは冬瓜《とうがん》を入れて冷たくしてさ」

「あれは旨かったな」

二度も「旨かったな」と冬水に言わせるあたり、よほどに旨い茶椀蒸しだったのだろう。

上方の茶碗蒸しならば、はるもかつて食べたことがある。やはり父についていった先で、美味しい店のものを食べたのだ。出汁の香りがふわりと漂い、口のなかで卵が蕩《とろ》けた。

「でしょう。美味しいものは、珍しかろうと、馴染みじゃなかろうと、美味しいってことよ」

「ふむ。違いないな」

「あたしなんてさ、直二郎さんの新作にはいつも飛びついたものよ。だって美味しかったんだもの」

結論がついてしまった。

だって美味しかったんだもの。

あっけらかんとほうりだされたその言葉が、はるの胸にちくりと刺さる。はるの料理には、そんなふうに明るく断言してもらえる〝力〟が、まだ、ないということだ。

美味しいか、美味しくないか。

なんて簡単で、なんて残酷な評価の針だろう。

はるはどうやらしゅんとしてしまったようで、しげが、はるを気遣うようにして目を向けた。

「あ……すみません」

勝手に口から声が零れ、「なにも言ってないのに、なんであやまるの」としげが言う。

「はるさんは、あやまり癖があるんだ。悪いことしてなくてもあやまるんだ」

八兵衛が笑う。

しげはそのまま里芋をぺろりとたいらげたけれど、卵なますは残した。そして八兵衛も冬水も、里芋の黄身あえをもらおうとは言わなかった。

「美味しいのにねえ。食べなくてもいいの？」

しげが八兵衛と冬水に聞いている。

「まあな。里芋の煮転がしなら食べるけど黄身あえって言われても」

「ふうん。あたしはおもしろいものはみんなすぐに試してみたいんだけど、男は案外、思い切ったことをしないわよねえ」

「男だからとか女だからとかは関係ないだろう。しげは大胆なことが好きで、私は嫌い。それだけだ」

冬水がさくっと返す。

「あら、これは一本とられた。その通りでございます。あたしはなんでも大胆なことが好きで、はじめてってのが好きなのよ。はじめての料理といえば、八百膳《やおぜん》ではいままでにない新しい煮豆をお店で出しはじめたって聞いたわね」

八百膳は、料理番付にものっている有名な料亭である。目の玉が飛び出るほど値段が高いが、べらぼうに旨いものを出すと評判だ。

「煮豆に新しいとかはじめてとかあるものか」

「あるのよ。甘いんですってよ。それでものすごーく柔らかいんですって。西のほうでは黒豆を甘く柔らかくして食べるらしいのよ。その味を江戸に持ってきたらしいわよ」

「じゃあちっとも新しくもはじめてでもないじゃあないか。上方の物真似《ものまね》だ」

「あらあら、そうかもしれないわ。でも……食べてみたいわねえ」

「煮豆は固い歯ごたえがいいんだよ」

「あたしは、固い昆布豆も好きだけど、柔らかい黒豆の煮豆も気になるわ」

八兵衛も「俺は断然、固い豆がいいね」と、豆の固さ談義に加わった。

語り合うのを聞きながら、はるは「固さと柔らかさ」と考え込む。

猫舌といい、固さといい、美味しいと思うものにはそれぞれの違いがあって。

自分が美味しいと信じて出しても、食べてくれた客がそれを美味しいと思ってくれるかは、わからない。

ちょうどいいものを出したいのだが、ちょうどいいものは難しい。

変わってるけど美味しいものをと意気込んで作ってみたのに、今日はどれも外れだ。

はるは、唇を噛《か》みしめる。

客の舌をとらえて逃がさない、そんな料理はまだまだ遠い。

蛤鍋に豆腐と長ねぎを入れてまた蓋をする。

「はるさん、こっちにも蛤鍋」

八兵衛が言う。

鍋の蓋を開けてのぼる湯気と出汁の香りに、しげが猫のように目を細めて、うっとりとした顔になった。


「美味しかったわ。また来るわ。次も珍しいものを食べさせて」

しげは去り際に、はると治兵衛にそう言って笑いかけた。

「そうだな。また来る」

冬水もしげと同じに、はると治兵衛に向かって告げる。

障子戸を開けるとぴゅうっと風が細く吹き込んだ。暖簾がかたかたと大きく揺れる。

今日はずいぶんと風が強い。

冬水夫婦を見送って頭を下げる。

戸口からちらりと見えた空は曇天で重たげで、大川もどんよりと鉛の色だ。粘りつくように波打つなかを船がゆっくりと行き来している。

また来てくれるという言葉はありがたく、はるの気持ちをふわりとあたたかくする。

けれど、残された卵なますの皿を見ると、はるの気持ちはすとんと下がる。

八兵衛もすぐに去り、はると治兵衛だけになる。

風が外から戸や壁をかたかたかたかたと大きく揺らす。隙間風がどこからともなく入り込み、はるはぶるるっと身体を震わせて、ため息を漏らした。

「……治兵衛さん」

「うん？」

「卵なます、美味しくないんでしょうか。おとっつぁんに食べさせてもらった通りの味になってると思うんだけど……。これじゃあないのかなあ。どうだったのかなあ。作り直してみたいです。でもなにが足りないのかが、わからない」

記憶のなかにしかない料理を再現するのは難しい。子どものときに食べた味は、父や兄と一緒に笑顔で食べたという気持ちも込みのものだから。

そのときに誰が作って、どんな気分で、食べたのか。誰と一緒に食べたのか。そんなことすべてが「味」になる。

「悪かないけど」

と、治兵衛がむっつりとした顔でそう応じる。

そこで言葉が途切れたので、はるは治兵衛が胸の内側に押し止《とど》めたのであろう続きを口にしてみた。

「……まずくはないけど、美味しくもないっていうこと……でしょうか」

悪くはない。

だが、良くもない。

「まあ、そうだ。うちで扱うには贅沢《ぜいたく》な料理ってことなんだろう。八兵衛とあたしだけじゃあなくあの夫婦も残してったってことは、そういうことだ」

「……贅沢」

卵はたしかに高いけれどと、どこか腑《ふ》に落ちずに怪訝《けげん》な顔をしてしまったのだろう。治兵衛は難しい顔で顎《あご》に手をあて、考え、考え、話しだす。

「卵は高いっていうのは、わかってるだろう」

「はい」

「だからさ、うちみたいな店には、卵を使った料理なら、普通に卵焼きが食べたくて来るんだよ。はるさんが作るのは、珍しいものも多いし、それはそれでいいと思うんだが」

「はい」

「ここに来る客ってのは、珍しいものを食べに来るわけじゃないんだよ。いつもの、味がわかってる料理が、美味しくできあがってくれたら、それでいいんだ。そういう客のほうが多いんだ。『なずな』は一膳飯屋だから」

　言ってから、治兵衛はちょっとばつの悪い顔になる。

なんだろうと思って目を瞬《しばたた》くと、治兵衛は軽く咳払《せきばら》いをして「煮買い屋の名前ははるさんの料理に負けて、奪われたからね。いまは一膳飯屋だ」と、あらためて言った。

　そういえばそうだったけれど、そんなこと、はるはすっかり忘れていた。

「はい」

　治兵衛さんたら、そこにこだわっているなんてと、口の端に笑みがのぼりかけて、きゅっと頬の内側をすぼめて、止める。

「笑いごとじゃないよ、はるさん。そこがこの店の難しいところだ。だからあたしはこの店を、一膳飯屋じゃないものにしようとしたんだよ。自分じゃあ一膳飯屋は無理だと諦《あきら》めたがゆえなんだ。悪あがきととられていたのはわかってるけど、ただの意地っぱりでもなかったんだよ？」

　治兵衛がはあっと嘆息する。

「はるさんはたまに珍しいものを作ろうとするね。それが美味しいならいいんだよ。でも珍しいだけで、悪かない程度のものなら、いっそ普通のほうがいいんだよ」

「……はい」

「特に、もとからの店の馴染みでよく来ていた客は、みんな、月並みで美味《うま》いものを食べたいんだ。直二郎はね——あたしの息子で、ここの店主だった男のことだが——料理の腕はたしかだったんだ。この店を自分でやってみて、わかったよ。馴染みだった客は、みんな直二郎の味を惜しんでた。人柄じゃなくて、味をさ」

治兵衛が直二郎について語るのを聞くのは、はじめてだった。

「それは……」

人柄だって、惜しまれていた。

少なくとも彦三郎は直二郎その人のことを惜しんで、悲しんでいた。

でも「そんなことはない」と言うほど、はるは、直二郎のことも、馴染みの客のことも知らないのだ。

「直二郎のことは、はるさん、知ってるんだろう？　彦三郎あたりがあんたに話してるとあたしは思っているんだが」

「はい」

やっぱりな、と治兵衛がほろ苦く笑う。

「彦三郎は黙っていられない性分で、あんたのことをどうにかしたいのと、あたしのこともどうにかしたいのと、一緒に何とかしようとして、あんたをここに連れてきた。

——だろう？」

見透かされていたかと、素直にうなずく。

「はい」

「あたしはさ、料理が好きでも得意でもなかったんだよ。とっくに知ってることだろうけどさ」

「……はい」

「ただ、空き家になったこの店の片づけに来たときにさ——火を灯《とも》して、人を呼んだら、あたしのここんとこに空いた穴が少しは楽になるかと勘違いしちまったんだ」

治兵衛は自分の胸のあたりをぎゅっと握る。

「それでうっかり自分で『なずな』をやってみようなんて馬鹿をはじめた。まあ、そこそこに年を取っているから、そんなのは勘違いだってことも、ちゃんと知ってはいたんだけどね。誰かをなくしたあとの胸の穴ってのは、ずっと生涯、埋まることなんてないんだ。それでも時間は、胸の穴の、尖《とが》ってぎざぎざした切り口を丸く磨いていってくれる。忘れはしないけど、痛みが柔らかく、優しいものに変わっていく。それをただ黙って待ちゃあよかったんだけど」

人助けをして死んでしまったってのが、あまりにも直二郎らしくて、やりきれなかったんだよと、治兵衛はうつむいて嘆息する。

「……黙って自分のなかのつらさに耐えて、時間が過ぎるのを待っていられなかったっていうのは、あたしもまだまだ若いってことなのかもな。いずれ自分も、直二郎のところにいくってわかってるのにさ。もうすぐだろうに」

「そんなこと……すぐなんて……そんなことは」

はっとして否定する。

「別にいますぐどうにかなるなんて言っちゃいないよ。なんで、あんたがそんなに泣きそうな顔になるんだい。彦といいあんたといい、若い人たちはこれだから」

治兵衛が思わずというように小さく笑ってみせた。

「話が飛んだね。『なずな』の話に戻すとしようか。やってみてわかったことがひとつだけある。一膳飯屋ってのは難しいもんなんだなあってことさ。客を満足させる料理を出すのはあたしにゃあ無理だった。お手上げなんだ。正直なところ、はるさんの料理でも、ものによってはどうなのかねって思っているよ」

厳しい言葉の連続に、はるはしゅんとしおれてしまう。

「彦三郎や八兵衛が、直二郎はよく〝誰も『なずな』に料亭の料理なんて望んでない〟と、そう言っていたって聞かされたよ。ここで毎日食べたいものってのは、ほっとするような味なんだってね。直二郎が作ってたのは、ほっとするけど、ちょっとだけ変わったものだ。客は、まずかったら二度と来ない。美味しくても望んでた味と違ったら、やっぱり通いたいって気にはならない」

薬ならば、具合が悪いところを治すためだけに客が買いにくるのにと、治兵衛がまた嘆息する。

「料理ってのは、空いたお腹をくちくするためだけに来るってもんじゃあないのが、難しいねえ。なにを売ればいいのかっていう正解が、あってないような商売だね。あたしも、やってみるまではとんと知らなかったことだけど」

「そう……ですよね。がんばります」

「はるさんは、真面目だねえ。がんばるったってさ、むやみに気張ったって、実を結ばないこともあるんだ。そこにある漬け物がそうさ。あれは直二郎が、日持ちして美味しい漬け物を作ろうとして失敗したやつさ。直二郎の努力もたまには実を結ばないことがあったってことだ。その、どうにもならない漬け物を、あたしときたら捨てられないで置いたまんまだ」

「そうなんですね」

治兵衛は、いつも険しい眉間《みけん》のしわを解いて、とても優しい顔をした。

「とりあえずね、あたし自身は、やってはみたものの、この店をどうしたいのかは決めてなかったんだ。だからね、うまくいかなかったら潰してしまってもいいんだ。最近はそう思うようになってきた」

「え……？」

思いがけないことを言われ、はるは目を瞬かせた。

「いいんだよ。もしこの店をなくすことになっても、はるさんの後のことは考えていようにするから。そこは安心しておくれ。彦三郎がどう言って、はるさんをたぶらかしたかは知らないけどさ、あんたに無理になにかを背負わすつもりはないんだよ」

けれど自分にはがんばる他に取り柄になりそうなものがないからと、言葉に出さずにぐっと奥歯を噛みしめる。

実を結ばない努力は重ねても意味がないと、治兵衛は暗にそう言っているのだ。

もしも『なずな』がなくなっても、はるは路頭に迷わなくてすむらしい。

でもちっとも安心はできやしない。むしろ気持ちはさらにどすんと重たくなって、もやもやとした悲しいもので喉《のど》がふさがれるような心地になった。

潰してもいいと思っていた店だから、まかしてみたのだと言われたから。

いや、違う。

はるは責任を負う必要はないし、がんばらなくてもいい。いざとなったら潰しても
いいんだよと甘やかされたから、だ。

それがひどく、胸に応《こた》えた。

「いや……です」

「うん？」

努力の方向を考える。

なにをしたら実が結ぶ？　どうしたら美味しいものを作ることができる？　お客さんが戻ってきてくれる？

「でしたら、わたし、直二郎さんの……だし巻き卵と茶碗蒸しを作りたいです。さっき、しげさんが美味しかったって言っていたから。治兵衛さん、よかったら、味を教えてもらえますか」

治兵衛にそう訴える。治兵衛は顔を歪《ゆが》め、首を横に振った。

「悪いね。あたしはね、あの子の味を知らないんだよ」

「え……？」

「あたしはあの子が料理人になることも、店を出すことも反対したんだ。だから直二郎の作ったものを食べたことがないんだよ」

「……そうなんですね」

「あたしがやってた中野屋は創業百年の生薬問屋だ。御薬園の下げ渡しを扱えるくらいの店の息子が、なんで料理人になるんだいってね。店は長男に継いでもらうことに決めていた。それで、次男の直二郎は太物《ふともの》問屋の婿《むこ》養子にするつもりだったのさ。あの子はそれを蹴って、あたしの顔を潰したんだ」

そのくらいのこと、と、治兵衛が言った。

屋根や壁も吹き飛ばすみたいな強い風の音が、治兵衛の声のその後を、するっとさらってしまったのだけれど。

たぶん続いたのは、後悔だ。

いまにして思えば許してやればよかったとか、そんな言葉だ。

だって、治兵衛は『なずな』を自分の手で開いたのだから。

自分より早くに逝ってしまった息子の夢を、老いた親が継いで――どこへつなげるつもりだったのか。

つなげられないならば、潰してしまってもいいなんて――そんな言葉を治兵衛に吐かせてしまったなんて。

はるは、なにかを治兵衛に言いたかった。治兵衛の心がすっと楽になるような、優しいものを渡したかった。でも、はるにはちょうどよい言葉が思いつかない。

二十二歳のいい年を重ねた女のくせに、自分はまだまだひよっこで、こんなときにどうしたらいいのかもわかりはしないのだ。情けない。

と——入り口の戸ががたりと開く。

「いらっしゃいませ」

入ってきたのは彦三郎である。

「雪が降ってきたよ。寒いったらないね」

羽織の前をあわせてぶるぶると震えて火鉢に手を当てた。彦三郎の着物の裾や羽織についた白い雪片が、溶けて、消えていく。

彦三郎は、はると治兵衛の顔を見比べて、

「なんだい。妙な感じだね。喧嘩《けんか》でもしてたのかい」

と首を傾げる。こういうところが彦三郎は勘が良いようで、悪いのだ。

「喧嘩なんてしないですよ」

はるが言い、治兵衛も、うなずいた。

「彦じゃああるまいし、はるさんは、あたしに口答えなんかしないんだ。喧嘩になりようがない」

「俺だって口答えなんかしてないさ。ただ治兵衛さんがたまに変なことをふかすから、そいつはどうかなって真っ当な意見ってのを述べてるだけだ」

「そういうところが口答えだって言うんだよ」

ふんっと鼻息を荒くする治兵衛に、彦三郎が笑う。

湿っぽく、冷えて固まっていたのが、彦三郎が加わることでゆるりとあたたかくほぐれていった。


翌日の朝である。

自分の味を作りだしたいと熱にうかされて思い込んでいたが――。

自分はそれ以前なのだと、治兵衛と話して、はるは己の立っている場所を見渡した。

ここは、一膳飯屋『なずな』だ。

はるはまだ何者でもない、ひよっこ以前のただの食べることと料理が好きなひとりの女だ。

だったら、まず目指すのは、直二郎の味である。

修業もしていない身の上で、調子にのって、思いあがっていたものだ。新しいものや珍しいものを作ってみて、たまたまそれを誉《ほ》められたからと、基本をないがしろにしていた。

「だし巻き卵か茶碗蒸しを食べてくれませんか。昔の『なずな』の味を知りたいんです」

はるは、卵を抱え、やって来た彦三郎に頭を下げた。はるに前日に願われて、早めに『なずな』にやって来た彦三郎である。治兵衛はまだ姿を見せず、はると彦三郎、ふたりきりであった。

今朝も卵のいいのを仕入れた。卵なますと里芋の黄身あえは失敗だった。今日の卵はまっとうなだし巻き卵と茶碗蒸しで勝負をしたい。『なずな』で出して馴染みだった客が笑顔になる、そんな料理を作りたい。

そのために、彦三郎の舌を頼ろうと思ったのだ。

「だし巻き卵と茶碗蒸しの味か。そりゃあ俺は直二郎の飯を食いにここにはよく来ていた。でもただの客だ。料理ができるわけでもないし、なにをどう使って、直二郎が料理をしていたかなんて知りゃあしない。俺は食べることしか知らないからね」

「それでいいです。まず、わたしの作ったものを、食べてみてもらえますか。美味しいか、美味しくないかのどちらかしか、ないですから。その判定をしてもらえればそれでいいんです」

「それで、いいなら」

はるの勢いに気圧《けお》されたようで、彦三郎は困り顔でうなずいた。

昆布と鰹節の出汁は、夕べのうちに丁寧に仕込んだものだ。漉《こ》して透明になったそれは、金色に澄んだ綺麗な色をしている。店のなかに、鰹節の匂いがぷうんと漂っている。

まずは普通のだし巻き卵だ。それから茶碗蒸し。両方ともに手慣れてしまえばそこまで難しい料理ではない。

季節ごとの具を取り入れたあんかけと聞いているが、とりあえずはなにも入れずにあんだけにする。江戸では、うどんにあんをかける店があると聞く。あんに出汁と醤油の味を効かせるから、茶碗蒸しの味は薄めにしてみた。なかに入れるのは海老とかまぼこ。

熱いあんを上に載せればそれだけで冷めにくくなって、寒い時期にはちょうどいい。猫舌の人には避けられるかもしれないけれど。

蒸し上がった茶碗蒸しに、とろりとあんをかける。

彦三郎は匙《さじ》ですくって、あんごと茶碗蒸しをふはふは頬張った。

「あつっ……」

びくっと身体をすくめて見守るはるである。

「旨い」

彦三郎が、つぶやいた。

「え」

「旨いよ、これ。直二郎のと同じ味なんじゃないかな。こんな味だった気がするよ」

「本当……ですか？」

「たぶん」

「たぶん？」

「そうだ。本当かどうかは他の人たちに食べて確かめてもらえばいいさ」

はるの目の前にふわりとたった湯気の向こうで、彦三郎が笑っていた。


だし巻き卵は「美味しい」と言われた。

そしてそう言われた途端、はるは気づいてしまった。

おかしなもので「美味しい」は、はるにとってはいままでは最高の誉め言葉だったのが、もうそれだけだとがっかりしてしまう言葉になっているということに。

美味しいは――それ以上でも、それ以下でもないということだ。

美味しいのさらに上の誉め言葉が欲しいだなんて願い過ぎだろうか。というより、はるは、言葉ではなく態度や表情で、客の思いを察してしまうようになってしまったのだ。

ふわりと綻《ほころ》ぶ口元や、ついのびてしまう箸の動き。

そういう、どんな言葉よりも雄弁な食べっぷりを知ってしまうと、「それ以上の、美味しいという評価」が欲しくなる。

白いご飯が食べられることや、女だてらに料理をまかされることが幸せだったのに――いまはずいぶん高望みをしはじめているのだなと我ながら思う。

それでも、あんかけ茶碗蒸しのほうは、ぬくもりも味も誉められた。

はるは気をとり直し、店に出てきた治兵衛にも茶碗蒸しを食べてもらう。

「直二郎のによく似た味なんだよ、治兵衛さん。俺の舌だから信用ならないかもしれないけどさ。どっちにしろ旨いんだから食べてみなよ」

彦三郎の言葉に、治兵衛が「ふん」と鼻を鳴らす。それがどうしたというような顔で匙を使い、とろとろの茶碗蒸しを食べる。

無言のまま、またひと掬《すく》い。

目を閉じて「うん」とうなずいてから、ゆっくりと無言で食べていく。

この食べ方は、治兵衛が美味しいものを食べるときの食べ方だ。はるは思わず前のめりになって治兵衛を見つめた。

「……優しい味だな」

ふと漏らした治兵衛の言葉を、はるも、彦三郎も聞こえないふりをした。きっと「これが直二郎の作った料理の味に似ているのか」と、そんなふうに思っているのだろうとわかったからだ。

素直ではない治兵衛のことだから、まわりが悟って気にかけると、煙《けむ》に巻くような返しをしてむくれてしまう。

「治兵衛さん、これなら八兵衛さんや冬水さんご夫婦にも気に入ってもらえるでしょうか」

はるが聞く。

「どうかな。とりあえず出してみりゃあいいじゃないか。八は昼飯どきにはどこからともなく湧《わ》いてくるだろう。夫婦のほうはいつ現れるかわからないけどね」

「はいっ」

はるは、今日もまた冬水夫婦が来てくれればと、待ち望む。もちろんそれ以外でも、振りの客が来てくれればなによりだ。

まだ昼四つの鐘が鳴ったくらいで暖簾が揺れて、戸が開いた。

「いらっしゃいませ」

顔を跳ね上げて、店にやって来た客を見る。

笹本であった。

寒くても背中を丸めず、背筋をのばしているのがいかにも立派なお武家さまだ。

再訪してくださったのだと、はるは思う。治兵衛の知り合いだからというのもあるけれど、それでも二度『なずな』に来てくださった。

笹本はすたすたと歩いて床几に座り「今日はなにがあるんだい」と、はるに気安く聞いてきた。

「はい。今日は茶碗蒸しに納豆汁、あとはそこの見世棚に並べてますが、だし巻き卵にきんぴらごぼうと煮豆です。少しお時間をいただけるようでしたら、あわせ出汁の鴨鍋《かもなべ》も用意ができますが……」

「納豆汁に鴨鍋か。どちらも好物だ。迷うな」

考え込む笹本に「茶碗蒸しがおすすめですよ」と治兵衛が声をかけた。

「じゃあ、それをもらおう。あとはぬか漬けに鴨鍋と、酒を」

「はい」

治兵衛とはるは同時に返事をし、料理と酒を用意する。治兵衛がちろりを、そしてはるは竈の用意を調える。いつのまにかそういう分担ができあがっていた。

「笹本さま、キエさまのお風邪はもう治られたのですか」

ちろりとぬか漬けを運びながら治兵衛が言う。

笹本は眉《まゆ》をひそめて、浮かない顔で、うなずいた。

「キエはこの間治兵衛さんのくれたお札の御利益で風邪も腹痛も顔の吹き出物まで治ったと上機嫌だよ。吹き出物に関しては、効いたのは、中野屋の麗人水《れいじんすい》だったんだろうが。……ああ、ここのぬか漬けは旨いな」

笹本はぬか漬けをつまみ、酒を飲む。きゅっと狭まっていた眉間が少しだけ開く。

麗人水は、江戸で流行《はや》っている化粧水だと彦三郎から聞いたことがある。特に中野屋のそれは、へちま水にいろいろな薬を混ぜ込んでいるのだとか。顔を洗ったあとに麗人水をつけると、白粉《おしろい》が綺麗に肌につき、いつもよりいくらか増して美女に見えると太鼓判を押していた。

「そのかわり今度は母の食欲が失《う》せてしまった。この冬は急に寒くなったから、そのせいではないかと本人は言っている。こめかみのあたりも痛むらしくて、たまに指で押さえていてね。元気なのは、元気なのだが、食事の量が減っている。あんなに食べるのが好きなお人だったのに」

「それはまた……」

「それで治兵衛さんにまた相談に寄せてもらいにきたんだ。ふがいないな。私は御薬園の同心だというのに」

笹本の話を治兵衛が親身になって聞いている。

「お医者さまには診てもらったんですか」

「診てもらったさ。私が煎《せん》じたのと同じ薬を処方されたよ。陳皮《ちんぴ》に芍薬《しゃくやく》に朝鮮《ちょうせん》人参に……」

「それで食欲は戻りましたかね」

「さっぱりだ。最近は白湯ばかりを飲んでいる。寝込んでいるというわけではなくて、普通に過ごしていらっしゃるから、よけいに心配なのだ。とにかく力のつくものをなにか食べさせたくて、ももんじ屋に薬食いに連れていったりしたのだが……」

ももんじ屋とは、猪《いのしし》や鹿《しか》や熊《くま》といった猟師が捕獲した獣の肉を食べさせるための料理屋だ。普通、肉食は忌まれるため「薬」として焼いたり煮たりして身体に取り入れる。

「それでお元気になりましたか」

「ならなかった。肉が固くてなかなか呑《の》み込めないと不機嫌になられて、豆腐ばかりを食べていたよ。肝心の牡丹《ぼたん》肉はさっぱりで、すすめたら不機嫌になって耳の後ろやこめかみのあたりをこんなふうにしきりにさすっていらして」

と、ひとさし指と中指でこめかみのあたりを揉《も》みこむようにして見せながら、

「翌日には逆にお腹を壊してしまったと言って、二度と、ももんじ屋には連れていくなと叱《しか》られた。叱ってくれる元気があるのはよかったが、変わらず、食欲は戻らない様子だ」

　笹本が大きなため息を漏らした。

「しかもキエにまで、具合が悪いのにももんじ屋に無理に連れて行くなんてと詰《なじ》られた……。私は丈夫すぎて、弱っている者に対してのあしらいがわからないのだと……。その通りだからなにも言えないが……」

「心配だから薬食いにいかれたのに、キエさまにまで怒られてしまうと、やるせないですね」

「ああ。だが、気を遣ったつもりで逆に具合を悪くしてしまったのだし、責められる

のも仕様のないことだ」

どうやら笹本の家族は、笹本以外、皆、病弱なのだろう。

しかも笹本に対して、当たりが強いようである。

はるは七輪に火を熾《おこ》し、笹本の前へと持っていく。鍋に具材と出汁を仕掛けて七輪にかけると、じきに鍋蓋の縁にあぶくが立って、甘辛い匂いが漂いだす。

吹きこぼれないように鍋の蓋を少しずらすと、さらに美味しそうな匂いが強くなる。

黙って見ていた彦三郎が傍らでそわそわとして「はるさん、俺にも鴨鍋頼むよ」と手を挙げた。

「はい」

笹本の茶碗蒸しと彦三郎の鴨鍋と。いつもせめてこのくらいには忙しくなってくれたらいいなと頭の隅で思いながら、ちらりちらりと笹本の様子を眺める。

耳に飛び込んできた笹本の母の容態が気になった。急に寒くなって体調を壊し、そのまま寝ついてしまう年寄りというのは多いものだ。

「……そういえば、あたしは昨日、この、はるに」

と、治兵衛がはるを目で追って、笹本に言う。

「身体が内側からあたたまるいい飲み物を飲ませてもらったんですよ。寒い外から店に入って手足がかじかんで、痛くてたまらなかったのが、内側からぽかぽかして、ほっと息ができるようになった。もしかしたら、あれは、笹本さまのご母堂の身体にもいいかもしれない」

「ほう。どのような飲み物だ？」

「甘くした生姜湯ですよ」

笹本が身を乗りだし、治兵衛がはるに「笹本さまに昨日の生姜湯をすぐに出せるかい」と聞いてくる。

「はい。お待ちください」

生姜をすりおろし砂糖を入れればいいだけだからすぐにできる。湯飲みに注《つ》いで手渡すと、笹本が口をつけ「甘いが、辛い」と目を瞬かせた。

「そういうあったまるものを、ご母堂におすすめしたらどうでしょう」

「なるほど。熱い湯に生姜汁に砂糖なら身体もあたたかくなるな」

ふたりの話を聞きながら、はるは、冬水夫婦たちとのやりとりを思いだしていた。

ちょうどいいものは、それぞれに違う。熱いものと冷たいもの。固いものと柔らかいもの。

「あの……笹本さま、治兵衛さん。あまり熱いお湯じゃあなくて、ほどほどがいいかと思います。ぬるめの白湯くらいが」

だから、はるは、ためらいがちにふたりの会話に割って入った。

「それに……もしかしたらですが……熱すぎたり冷たすぎたりしたら、歯茎に沁《し》みるかもしれません」

「……歯に沁みる？　虫歯かい？」

治兵衛が聞き返す。

「いえ。歯が痛いんじゃあなくて歯茎です。治兵衛さんはまだまだ固い煮豆も平気でたいらげてしまいますけど……年を取った人のなかには、歯茎が弱くなって、柔らかいものしか受けつけなくなってしまう方も多いから」

人というものは、年をとると身体だけではなく、歯茎も痩《や》せていって弱っていくということを、はるは年寄りの世話で知った。

元気ではあるけれど、食欲がない。

ぬるまった白湯を飲み、豆腐を食べる。

固いものを食べて、こめかみや耳のあたりを揉みほぐす。

もしかしたら——と、思ったのだ。

「虫歯じゃあなくても、冷たい水を飲むと沁みるとか、固いものを噛むと疼《うず》くようになって、稗《ひえ》や粟《あわ》も受けつけなくなるとか……」

「なるほど。じゃあ、ぬるめの白湯に生姜汁と砂糖とを入れてすすめてみるか」

笹本がうなずいた。

「はい」

応じながらも、はるは、あつあつの茶碗蒸しに、あんをとろりと載せて、笹本へと運ぶ。

「こちらは歯茎が痛むのでも猫舌でもなければ、冷めないうちに、どうぞ」

はるが言うと、笹本がうなずいた。

まず茶碗蒸しに匙を入れる。茶碗蒸しが匙に崩され、あんと混じりあう。一口、食べた途端、笹本の目が大きく見開かれた。

「……いい匂いだ。出汁か。出汁が旨いんだな」

「でしょう」

治兵衛が我が意を得たりというようにほくそ笑む。

「卵の滋養が口のなかで溶けていくような……」

「そうでしょう。そうでしょう」

「あっというまになくなるのが難点だ……」

すぐにたいらげてしまった笹本が恨めしげに器を覗き込む。笹本は前に来たときもそうだった。一気に食べて、その後に、なくなってしまった食事を悲しむそぶりを見せるのだ。言葉より、その様子がはるには嬉しい。いつまでも食べ続けたいと思えるような、そんなものを出せたのかと思えるから。

笹本は片手に匙、片手に空になった器を持って、しばし固まっていた。

「歯……か」

つぶやいてから、

「はる殿、これを母に食べさせたいが土産《みやげ》に包んでもらうことはできるか」

と、はるに言う。

「茶碗蒸しをですか？」

「ああ。もしも母の歯茎が疼いて沁みたり痛んだりするのだとしても、この柔らかさなら、美味しく食べられると思うのだ。それにこの茶碗蒸しは、私だけではなく家族にも食べてもらいたいと思ってな」

お土産にして持って帰って食べさせようと思うくらい、美味しいと思ってもらえたのなら幸せだ。

「ではおうちで蒸していただけるように器に入れてご用意しますね。蒸したものをお持ち帰りされても冷たくなってしまうでしょうから」

「蒸す……蒸す……のか。私にできるだろうか」

笹本が考え込んでいる。

どうやら笹本は料理をしない人であるらしい。ならば冷めた茶碗蒸しを美味しく食べてもらう方法を考えたほうがいいのだろうか。

笹本の前の鴨鍋もそろそろ煮えて、食べ頃だ。

はるが蓋を取ると、ぶわっと白い湯気が立った。葱《ねぎ》に鴨肉や豆腐がくつくつと煮えている。野菜がくたりと柔らかくなって、豆腐は煮汁が染み込んでいい色だ。

「はい。どうぞ」

「うむ」

煮汁の沁みた鴨肉を頬張った笹本が至福の顔をする。

「旨い」

「でしょう」

治兵衛がまたもや得意気な合いの手を入れた。

「ああ。しかしこの鴨鍋もはるさんが作ったものなのかい？」

笹本が聞いてきた。

「はい。作ったっていっても出汁と味付けだけで、あとはすべて具の味頼みのようなものですけれど。あの……なにか？」

笹本はお武家さままで舌が肥えているだろうから、もしかしたら、はるの味つけはお気に召さなかったのだろうかと内心で慌てる。

「いや、茶碗蒸しは上品で優しいが、鴨鍋のほうは、どすんと腹に沁みて無理にでも私の腹に潜り込んでくるように旨いものだから……違う人間が作ったものかと、そう思ったんだ。鴨鍋のほうが元気がいいというのかな。同じ料理人でも、料理が変わると、こんなふうに違う味で仕上がるものなんだな」

「……え」

思わず、はるは、笹本の顔を見た。

「あ……いや、他意はない。茶碗蒸しがまずかったわけでも、鴨鍋がまずかったわけでもないぞ。茶碗蒸しは優しくて美味しい味で、鴨鍋はしっかりとした味の濃さが口と腹に沁みて美味しい」

はるの気を損ねたのかと気遣ってくれているのだろう。笹本が慌てて言い募る。

「いえ、そういうんじゃないんです。わかってます。両方美味しく食べていただけたのが、とても嬉しくて」

はるの胸に、笹本の言葉が落ちて、大きく広がっていった。

直二郎の作った味を目指した茶碗蒸し。

はるが自分の舌だけを頼りに作ることにした鴨鍋。

違う味だと、わかってくれるものなのか。

どちらがどうという話ではなく、わかった、というそのことに驚いて——正直にいえば、嬉しかった。

みんなが喜んで食べてくれるものが、はるがひとりで作ったものではないということにいじけているつもりはなかったが、自分で思っていたより強く、はるにはこだわりがあったようである。

「いや、すまなかった。私は本当にがさつで言い方が悪いと、いつも母や妹に叱られているんだ。言葉足らずのくせにここぞというところでよけいなことを言うのが、よろしくないといつも言われている。とにかく気遣いが足りないだとか、そういうことを」

「そんなこと……」

「旨いものはみんなひっくるめて旨い。わかっているんだ。たとえば私がお勤めで、咲かせている花や、収穫している実や根もそうだ。どれもこれもそれぞれに美しかったり、役に立ったりするもので、比べるものじゃあないのに、つい」

「いえ……あの……嬉しかったんです。わたしは。味に気づいてくださって、それをおっしゃっていただけたことが」

はるの言葉を聞いた治兵衛が、はるから、笹本へと目を向けた。

「……そうですね。笹本さま、それが笹本さまのいいところですよ。あなたさまはいつもそうでしたね。ひとつひとつの草花の性質を目に留めて、その違いを確かめて、愛《め》でてくださっていました。見倣《みなら》わせていただきますよ」

治兵衛にそう言われ、笹本が「見倣われるようなことなどどこにもない」と困った顔で徳利を傾ける。

「いやいや。あたしからすると羨《うらや》ましいお人柄ですよ。あたしは草花の効能といくらで売れるかの値段だけを、つい見てしまう。なのに笹本さまは、違うんだ」

「それは私がなにひとつ知らないということですよ。知らない人間だから、なにを見ても目新しいし、楽しいんです」

慎ましくそう返す。

誉め言葉に当然という顔でえらぶっているのが武家なのかと思っていたけれど、笹本ははるが想像していた武家の人間とはまったく違う。

そのまま、はるは、笹本に「ごゆっくり」と軽く頭を下げ、板場に戻る。

そこで、はるは、思いたつ。

料理に不慣れな人でも美味しく茶碗蒸しを食べられるかもしれない方法を。

「笹本さま、お粥《かゆ》はお作りになれますか？」

板場から背伸びをして尋ねると、

「まあ、米を炊《た》くのはなんとかできるが」

と深刻な顔で返事をする。よほど調理が苦手と見える。

「わかりました」

「わかったとは、なにが」

不思議そうに聞く笹本に笑みを返し、はるは、生米を取りだしてすり鉢で丁寧にすった。ごりごりという音が響く。すり鉢のなかで米が細かく砕かれていく。

「お米を細かくすったものでお粥を炊くと、普通に炊くより、早くに煮上がります。それにすぐに柔らかくなるし、食べやすい。ちゃんと米の味がして、甘くて、美味しいですよ」

なにも食べられないほど弱ったときでも、粉みたいに細かく砕いた米で作った重湯《おもゆ》なら、どうにか食べてくれるものだ。

茶碗蒸しを掲げて笹本に見せ、続ける。

「それから茶碗蒸しです。これもあとでお渡ししますから、おうちで炊くときに、作ったお粥にうちの茶碗蒸しを混ぜてください」

「茶碗蒸しを？」

「お出汁も入れて優しい味になった茶碗蒸しと、炊いた米とが混ざりあって、普通に炊くよりお腹に優しいお粥になります。卵のお粥と同じですが自分で出汁をとらなくてもいいからこっちのほうが作りやすいと思います。お母様が美味しく食べられるといいんですけど……」

そのほうがいいと思って勝手に米を砕いてしまったけれど。

もしかしたら余計なお世話だろうか。

年寄りは歯茎が痩せて沁みるから、冷たすぎず熱すぎずの柔らかいものがいいとか——それも笹本の話から「もしかしたら」と思いついただけ。

実際のところは、はるにはわからないのに、差し出がましいことを言ってしまったのかもしれない。

しかし、はるが言葉尻を弱らせると、笹本が「ああ。ありがとう。助かった」とにこりと笑った。

「私はあまり気が利かぬ男で、丈夫な身体を持つゆえに、母や妹にきちんと優しくできずに怒られてばかりなのだ。余計な気遣いはするのに、して欲しいことはひとつとしてしないと叱られてばかりで。――だからこうやって助言をもらえると、とてもありがたい」

「……はい。お役に立てたらいいんですけど」

そうして笹本は酒の徳利一本をあけ、鴨鍋もぺろりとたいらげて、はるに渡された米と茶碗蒸しを手に『なずな』を去ったのであった。

「笹本さまのお母さまが食べてくださるといいけれど」

はるが言うと、彦三郎が「食べるんじゃないか。家族にも食べさせたい、土産に欲しいって言われるくらい美味しいんだからさ」と応じる。

口元を弛《ゆる》めないように気をつけるが、茶碗蒸しの評判がよくて勝手に顔がほころんでしまうはるだった。

その後には八兵衛、さらに冬水夫婦もやって来た。

「雪だよ、雪」

しげが片手に雪の欠片《かけら》を載せて、はるへと見せる。白くて儚《はかな》い花びらにも似たそれが、ふわりと滲んで溶けていく。

「しげ、どうして戸を閉めないんだ」

寒いのに、最後に入ってきたしげが戸をきちんと閉めずにいる。半ば開いた戸としげの顔を交互に見て、冬水が聞くと、

「だってこうしたら雪見酒ができるじゃないの」

しげがそう答えて笑う。

「燗《かん》酒を二本頼むわ」

開いた戸から向こうを見ると、いつのまにか道ばたに雪がつもっている。こんもりと白い雪が道の両脇を覆い、真ん中だけは人通りを示して土の色が黒い。

「寒いよ」

八兵衛が口を尖らせる。

「風《ふ》情《ぜい》ってのを楽しみなさいよ。だから八っつぁんはもてないんだ」

「なんだって」

しげに向かって中腰になった八兵衛に「八っつぁんは中味がいい男なんだからさあ、そういう遊び心があればみんなころっといっちまうのにさあ。あ、治兵衛さん、猪口《ちょこ》

は三つで、ひとつは八っつぁんにね」と、屈託ない。

「お、俺にかい。奢りでかい？」

「だんなの戯作が無事にあがったお祝いさ。いいものになったんだ。ね、あんた？」

「うむ」

「よし。じゃあ雪見酒につきあってやるよ」

八兵衛の調子のいい返事にみんなが笑う。

寒い風が入り込むのと一緒に店先に白い雪が流れ込む。

はらはらと舞う雪を、しげが手のひらで受け止め笑っている。隣に座る冬水の肩先や膝《ひざ》に落ちる雪を指先で払ったり、つまんでみたり。冬水はそんなしげを微笑《ほほえ》ましげにして見つめている。

「なーにが雪見酒だよ。あんたたちのまわりに降ると、雪も、あてられてすぐに溶けちまうぜ」

独り身には目の毒だ見てらんねーぜと、八兵衛が天を仰いだ。ついでに酒も一気に呷《あお》って飲んだ。

七輪に仕込んだ鴨鍋を載せていく。上がった蒸気が店の外へと流れ、消えていく。

雪を見て、酒を飲んで、煮豆ときんぴらに漬け物にと箸をすすめ、他愛ないことを話して笑いあうみんなの頬は七輪の火と鍋の湯気にさらされほんのりと赤い。

「今日のおすすめは茶碗蒸しなんです。昔の『なずな』の味に似ているものにしようと作ってみたんです。よかったら、食べてください」

はるがおそるおそる言うと「いいわね。茶碗蒸しならあんたも食べるわよね」としげが冬水に尋ねる。冬水がこくりと首肯する。

「いいよ。俺も食べてやらぁ。まずかったら承知しないよ」

八兵衛の言葉にはるは「はい」と、早速、用意する。

蒸し上がったものをみんなの前に運ぶと、

「……こういう上品で美味しいやつだったねえ、あんた」

「うん」

冬水夫婦がそう言った。

「旨い」

八兵衛の感想は簡潔で、でもそれこそがはるには、なにより嬉しい。

美味しい美味しいと言いあって、つるりと食べる。

「鴨鍋もいい具合だよ、あんた。しょっぱくて甘くて酒が進む濃い味で」

「ああ」

夫婦で鴨鍋をつつくふたりを見て、八兵衛が「独り身は寒いね」とぶるっと身体をわざとらしく震わせて、

「はるさんの漬け物が俺は好きなんだよなあ。もうひとつ酒をつけてもらおうかな。冬水の旦那の奢りでさ」

と声をあげた。

「図々《ずうずう》しいねえ。徳利二本目からは八っつぁんの自腹で頼むよ」

八兵衛が、ちっと舌を打ち、しげが笑う。

どんどん煮炊きをするものだから、店そのものがゆだっていくかのように開いた戸口から湯気が外へと漏れていく。

「前にもこういう日があったよね。あのときも茶碗蒸しを食べたんだ。直二郎さんがさ、雪見酒だって戸を開けて――あたしたちは寒いからやめてよって文句を言ったけど、あの人は笑って〝ちろりで徳利一本つけてやるから、ちょっと我慢しとくれよ〟ってさ」

「あったなあ。俺たちがひっきりなしに笑って上機嫌なもんだから、客が次々、酒を飲みにきて、しまいに座る場所がなくなって立ち見の雪見酒で外で一杯ひっかけてる奴《やつ》もいて」

「最後にさ、直二郎さんがあたしたちに〝あんたらの飲みっぷり食いっぷりが新しい客を呼んでくれたよ。ありがとう〟なんて言ってくれてさ。あれって、直二郎さんの目論見《もくろみ》は、ひょっとしたら客を呼ぶために戸を開けてたのかもしれないねえ……あたしたちは客寄せのために、寒さを我慢させられたんだ、きっと」

「ああ。そういうところは、あったかもなあ。直二郎はわりかし、ちゃっかりしてた」

「してた！　でも憎めなかった‼」

しげが大きくうなずく。

それでも雪は綺麗だったし、食べた料理は美味しかったし、飲んだ酒がかっと身体を熱くしたし、たんと笑ったからと、しげが道ばたに積もる雪を見てつぶやいた。

はるは、直二郎はそういう人だったのかと思いながら、黙ってみんなの話を聞いていた。

「あの日と同じ味がする」

冬水が言って「そうだね」としげが微笑んだ。

賑《にぎ》やかにしているのが気になるのか、行き交う人びとがたまにちらちらと『なずな』の店先を覗き込む。

誘い込まれたように、ふらりと足を踏み入れる客が、ひとり。

「いらっしゃいませ」

治兵衛を怖々と見返す客に、八兵衛としげが「久しぶりだねぇ」と声をかけた。どうやら、かつての馴染みの客で——治兵衛が追い払ってしまった客のようであった。

そうして、八兵衛たちが帰っていってからも、次々と馴染みの客や、はじめての客が「あたたかそうだったから」とか「旨そうに食っているのが見えたから気になって」「なに笑ってんのか、気になってさ」と『なずな』にやって来た。

ふわりと漂うぬくもりと笑い声が、通りを歩く人たちのお腹と心を吸い寄せたらしい。

さすがに夜になると開け放しているのは寒さが厳しすぎて戸を閉じたが、それでもふらりと、久しぶりの客が顔を覗かせ料理を食べていく。

戸を閉めて以降の客は一様に治兵衛の顔色を窺っているが、傍らでにこにこと座って酒を飲む彦三郎と、せっせと働くはるを見て、意を決したように足を進めて入店する客ばかりだった。

すすめなくても茶碗蒸しを頼み、「懐かしい味がするんだって、八に聞いて」とか「前によくここに来ていたときとおんなじ美味しいやつがあるって、しげさんが言っていたから」とひと言添え、食べ終えると満足して帰っていく。

いつも通りに鬼の形相の治兵衛にはとりつくしまもないと諦めるのか、はるにだけこっそりと「気になってたんだけど、なかなか来られなくて」とか「治兵衛さんが元気そうでよかったよ。また来るわ」と小声でささやいて帰っていく。

ちらちらと、みんながはるを見ている。

「あんたが、はるさんかい。中野屋で噂《うわさ》だけは聞いたよ。聞いてたより若く見える。これなら、まあ……」

去り際に、はるを上から下まで値踏みするように見ていく客には、治兵衛が「うちはそういう店じゃあないんだよ」と釘《くぎ》を刺す。

はっきりと「治兵衛さんの料理はまずすぎて二度と来ねぇって決めてたけど、これならまた来られる」とか「中野屋で、治兵衛さんは呆《ほう》けがまわったから好きにさせてるんだって聞いたけど、別に呆けてなさそうだな」と言って、治兵衛に鬼の形相で睨《にら》まれて、へらへら笑って帰っていった強者《つわもの》もいたけれど……。

「……誰が呆けてるんだよ。誰がっ」

憤る治兵衛に、客が返す。

「あんたんとこの中野屋の手代が……。それで味がまずいんだろうってさ。どっちにしたって才はないんだから早いとこ薬屋に戻ればいいのにって愚痴っていたぜ」

「あー？」

治兵衛に下からすくい上げるように睨みつけられて「くわばらくわばら」と、客が退散していく。

勘弁ならなかったようで、治兵衛は客が去ってからも「まったく、ろくでもない。中野屋でなにが噂になってるんだか。あとで手代をとっちめてやらないと」とぶつぶつと文句を言いながらちろりの様子を見ている。

茶碗蒸しも鴨鍋も、いつもの定番のおかずもみんな売り切れた。もっともそれは、はるが、あえて仕込みを少なくしたせいでもあったのだが。

「こんなことになるならもっと仕入れて、仕込んでおくべきでした」

しょんぼりと反省し、開けていた障子戸を閉め、暖簾に手をかける。材料がなくなってしまったから、今日はもうおしまいだ。

飛ぶように売れたわけではないけれど——。

はるにとって、はじめての繁盛した一日が終わったのである。

おかずがなくなって空っぽになった見世棚と、これから洗わなくてはならない食器や椀の山を見る。たくさんの人たちに食べてもらえるというのは、こういうことか。

目の前で食べて、そして去っていって、空になった食器が残って。

汚れものを洗わなくてはと思うとひと仕事なのだが、それがものすごく嬉しくて、誇らしい。

じわりと胸の奥が熱くなった。

だから――。

「治兵衛さん、彦三郎さん、ありがとうございます」

はるは、治兵衛と彦三郎に頭を下げる。

「なにがありがたいって言うんだい？」

「俺はなんにもしてないが」

顔を見合わせたふたりに、はるは言う。

「直二郎さんの茶碗蒸しを作らせてくれました。おかげで、今日は、昔の馴染みのお客さんがたんと来てくださった。直二郎さんて、すごい人だったんですね。みんなが〝昔の味に似てるって聞いたから〟と食べにきてくださる。このお店、いろんな人に大事にされていたんだなって……」

「……うん。直二郎はみんなに慕われていたんだ。そうなんだぜ、治兵衛さん」

彦三郎がうなずいた。涙声になっている。

治兵衛は鼻を鳴らして「わかってる」と、そっぽを向いた。はるは治兵衛の目の縁に滲む涙に気づかないふりをする。

「あのさ、治兵衛さん。……俺たち、直二郎のことは、なんにもできなくって悪かったなってずっと思ってて」

「なにもできなかったのは、あたしもだよ」

そう言ったきり、ふたりともに無言になった。

はるは、汚れたものを桶《おけ》に入れて外の洗い場へと運ぶ。

積もった雪が月明かりを吸って蒼《あお》く光っていた。

井戸端に桶を置いたはるは、帯に差し込んだ紙入れを片手で押さえ、空を見上げる。

料理とは、味とは——あたたかいものなのだと思う。

茶碗蒸しの味と、そして戻ってきた馴染みの客たちの会話が、治兵衛の心を少しでも柔らかくしてくれていたのならよかった。

けれど——店を出て寒い外に立つはるの心には、いま、ちりっと小さな嫉妬《しっと》も芽生えていた。

だって今日、店に来て茶碗蒸しを食べてくれたみんなが求めていたのは『なずな』の直二郎の味だから。はるが自分で考えて、作ったものじゃない。

美味しいと言ってもらえた。食べてくれた。馴染みの客たちが人を呼んだ。

そのすべては、いまはもうここにはいない、直二郎の手柄だ。

きっとすごい人だったのだろう。

「わたしも会ってみたかったなあ」

直二郎さんに。

「食べてみたかったなあ、直二郎さんの茶碗蒸し」

はるよりももっと強くそう願っているであろう治兵衛のことを思い、胸がぎゅっと強く締めつけられる。

どれだけ強く願おうと、努力しようと、これはもう叶《かな》わない望みだ。

「お兄ちゃん」

ふと声が零れた。

生きていれば、寅吉にはきっと会える。会えるはずだと信じて、生きる。

空に浮かぶ銀色の月にふと手を差しのべる。

月は、はるの手の届かない彼方《かなた》で儚く美しくそっけなくただ輝いていた。

第四章　石地蔵の六個の親子おにぎり

すす払いの十二月十三日の朝である。

遠くで、箒売《ほうき》りが、大小取り混ぜた竹の箒をいらないかと大声で呼ばわってまわっている。

「地蔵さまであって稲荷《いなり》神社じゃないことは知っているんですけど……。今日はこれでごめんなさい」

と、はるは、大きな油揚げを一枚、石灯籠《いしどうろう》の地蔵にお供えし手を合わせた。

「今日はすす払いで掃除をするから、朝にご飯が炊《た》けなくて煮炊きもやってないんです。ぼてふりから鱚《きす》も買ったんです。旬ではないけれど、この時期の鱚も味はよいから。でも生魚をそのまま地蔵さまにお供えするのもどうかと思って」

すす払いの日はどこの家でも、家中を掃除して、新年の年神様の用意をする。

はるも小さな竹箒で、このあとすぐに竈《かまど》の掃除を行うつもりだ。毎日掃除はしていたが、煮炊きに使えばどうしたって細かな汚れが溜《た》まる。

「明日にはおにぎりに戻しますね。でも……おにぎりじゃあないほうがいいのかしら。地蔵さまは好き嫌いをおっしゃらないから」

はるは、治兵衛に似た険しい顔の石灯籠の地蔵の眉間《みけん》を、つ、と指でなぞって首を傾《かし》げた。

懐《ふところ》から布を取りだし、雪に濡《ぬ》れて汚れた地蔵を丁寧に拭《ふ》く。

毎日、こうやって石地蔵にいろいろなことを語りかけるのが、いつのまにやら、はるの日課となっていた。

「おかげさまで茶碗蒸《ちゃわんむ》しを作った日から、前よりもっとたくさんお客さまがいらしてくれるようになりました。まだまだ昔の『なずな』には遠いんですけど」

ひとり、またひとりとかつての馴染《なじ》みの客が戻ってきた。

店が繁盛するようになったのは、いいことだ。

客が戻ってきたのもいいことだ。

治兵衛に〝直二郎の〟茶碗蒸しに似た味を食べてもらえたのも、それにまつわる思い出を客たちが語ってくれたのも。

なにもかもが、いいことで。

「でもわたし、ちょっとだけそれが悔しいんです。みんなが好きなのは、直二郎さんの『なずな』で、わたしと治兵衛さんの『なずな』じゃあないのがわかるから」

自ら望んで料理人を目指したわけではない。修業をしてきたわけでもない。流されたようにして、幸運に恵まれて『なずな』の竈の前に立っている。

そんな自覚があるからこそ、いまだにどこかで引け目を感じている。

でもこのままじゃあ、駄目だとわかってしまったのだ。

悔しさや引け目にちゃんと向き合わないと、なにもはじまらない。

地蔵さまにだけは打ち明けよう。いままで、はるのおにぎりをすべてたいらげてきてくれた地蔵さまにだけは――。

「わたし……ちゃんと、料理を作りたい。流されたまま、竈の前に立つんじゃなくて、本気で『なずな』に関《かか》わりたい。お店としてやっていけるようにしたいんです」

口に出して言ってみたら、妙にすっきりとした心地になった。

「わたし、もう、治兵衛さんに〝がんばらなくていい〟って言われたくないんです。どうにもならなかったら店をつぶしていいなんて、言わせたくないんです。だから、わたしなりの、美味《おい》しい得意料理をひとつかふたつくらいは作らなきゃ。おとっつぁんと寅吉兄さんと一緒に食べた美味しいものを、他の皆さんにも、美味しいって言ってもらいたいし……」

湯気の立つ料理を囲む父と兄の笑顔が脳裏に浮かぶ。

冬の日に食べた鍋《なべ》料理。寒い日に父がよく作ったのは、おろし大根を出汁《だし》で煮立てた雪見鍋だ。豆腐や葱《ねぎ》に鶏の肉がふわふわの白い雪のようなおろし大根のなかに埋まっている。くつくつと煮える音と、美味しい香り。

いつか寅吉と巡り会えたら「これ、昔一緒に食べた料理だよ。覚えてる？」と兄に聞くのだ。覚えていると答えても、答えてくれなくても、「いまは『なずな』で評判の料理のひとつなんだよ」と胸を張って言えるようになっていたら、と。

帯に挟んだ紙入れを両手で押さえ、願う。

そのなかには彦三郎が描《か》いてくれた寅吉の似姿が入っている。

年の瀬が迫り、日々はせわしない。気にかかっているけれど、はるの、寅吉捜しはままならず、なにひとつ進んではいなかった。

いまは、毎日『なずな』で働いているはるのかわりに、彦三郎が、はるに渡してくれたのとは別に新しく描いた寅吉の絵を持って、あちこちを捜しまわってくれている。彦三郎には世話になってばかりで、頭が上がらない。誰《だれ》も彼もが彦三郎は豆腐みたいに頼りない男だと言うけれど、そんなことはないのである。

ひとしきり地蔵を拝んで、店へと戻ろうと地蔵を背にして歩きだす。

道の端から、子どもがひとり、走ってきた。

男の子だ。

同じ長屋の子ではない。この近所の子でもないようだ。

背丈は、はるの胸元くらいだ。月代《さかやき》も作らず、のばした髪をてっぺんで結ぶ芥子《けし》坊主の髪をしているから、元服前だ。脛《すね》がにょきりと突きでた丈の短い着物姿が、寒々しい。

子どもは、なかなか慣れない猫みたいな、きゅっと眦《まなじり》のつり上がった凶暴そうな目をはるへと向ける。小さいけれど、牙《きば》があって、爪《つめ》がある。そう感じさせる子どもであった。

はるは道の片側へと身を寄せる。が、相手もまた、はるが寄せたほうへと身体《からだ》を傾けた。普通に歩けばぶつかるような路地ではないのに、どうしてか互いの身体がどんっとぶつかる。

「ごめんなさいっ。大丈……夫……？」

と、はるが聞いたのに、子どもは振り返りもせずそのまま石地蔵へと向かっていく。

地蔵の前でぴたりと止まり、

「なんだよっ。油揚げじゃねぇか。どうしておむすびじゃないんだよーっ。ここは稲荷さまじゃないのにっ」

だんだんっと足を踏みならして、そう言った。

「あの……もしかして」

はるは思わず声をかける。

いままで毎朝お供えしてきたおにぎりを、六個、ぺろりとたいらげてきたのは、この子なのだろうか。

が、子どもは、そのままくるりと身を翻し、呼び止めるはるの横を素通りして走り去っていったのだった。


地蔵から『なずな』に戻ったはるは、暖簾《のれん》は下げずにまず戸をすべて外し、店の空気を入れ換える。はたきをかけ、箒で家のなかを掃《は》いてまわってから、棚や床を雑巾《ぞうきん》がけしていく。

てきぱきと仕事をこなしていると、治兵衛がいつものようにやって来た。

手伝おうとする治兵衛に「いいです。わたしひとりでできますから」と押し問答をしていたら、彦三郎がひょいっと入り口から顔を覗《のぞ》かせた。

「ほら、彦さんが手伝ってくれますから」

ついつい彦三郎を店のなかに引っ張り込んで、胸を張る。

彦三郎が「はるさんに、手伝ってくれって言われちゃあ、断れない」と頭を掻《か》いた。

「あたしに言われたら断るくせに」

治兵衛がふんっとそっぽを向いたら、

「治兵衛さんに言われても断ったこと、ないはずですよ」

と彦三郎が返す。

「言われてみたら、そうだった」

「本当に治兵衛さんはっ」

というあたりは、いつも通りの『なずな』であった。

さらには八兵衛まで、ひょいっとやって来て、なんだかんだと手伝いだす。

外した戸を立てかけると、大家の源吉一家の、八歳と、六歳の兄と妹が、竹箒を手にして走りまわっているのが見えた。与七も戸を担いで外に立てかけ、拭いている。

しかしお気楽長屋ですす払いを熱心にしているのは、どうやら、大家一家と、与七と、はるのところだけであるらしい。彫り辰あたりはさらっとそのへんを掃くだけ掃いて、そのままふらりと酒を飲みにいってしまったようである。

はるたちを見て大家の源吉が、

「ああ、八っつぁんと彦三郎がいるなら安心だ。治兵衛さんしかいないならうちを終えたらそっちの手伝いもしてやらなくちゃと思ってたんだ」

と笑顔になった。

治兵衛がひょいっと顔を出し「ええ。大丈夫ですよ」と片手を上げる。

「じゃあ、そっちが終わったら加代さんのところを手伝っておくれよ。加代さん、腰を痛めてしまったって寝てるんだ」

加代は同じ長屋でひとり暮らしをする三味線《しゃみせん》の師匠《ししょう》だ。

そういえばこの三日ほど、加代が三味線をつま弾く音が聞こえてこないと、はるは思い返す。

加代は今年、七十歳になったと聞いている。昔は深川で芸を売っていたらしく、縞《しま》の着物を粋《いき》に着こなし、ふとした仕草に色気が滲《にじ》む。佇《たたず》まいと、声の出し方のせいだろう。老いても、綺麗《きれい》な女は綺麗なままなのだとしみじみとはるに思わせる。

「加代さんが、そりゃあ大変だ。わかりましたよ。こっちが終わったら彦と八兵衛をそっちに出しましょう」

治兵衛はすぐにそう請け負った。

手を動かしながら治兵衛の返事を聞いた八兵衛も、加代が相手なら異論はないらしい。

「加代さんだったら、手伝ってもいいね」

と即答だ。

「いやいや。いいとか悪いとかじゃあないよ。治兵衛さんときたら、自分は動きゃしないのに、俺《おれ》たちを好きにこきつかって」

と彦三郎が文句を言った。

「じゃあ、やらなくていいよ。あたしだって、やればできる。あたしが加代さんのところのすす払いをしてくるよ」

またもやぷいっとそっぽを向いた治兵衛に、彦三郎が慌てて言い返す。

「いいよ。治兵衛さんになにかあって寝込んだらそっちのほうが心配だ。やるよやるよ」

「最初からそうやって感じよく人助けをすればいいんだよ。いちいちなにかとつっかかって、本当におまえは子どもだねえ」

「どっちがっ」

やり合うふたりを尻目《しりめ》に、八兵衛が、

「お礼は遅い昼飯でいいから。美味しいご飯を期待しているよ」

はるに向かって明るく言った。

「お礼はわたしがするんですね？」

思わずそう応じたはるに、八兵衛があっけらかんと「そうともよ」と笑っている。

「なにかっちゃあそうやって、ただで飯を食おうとする」

治兵衛は苦い顔をしているが、それでも彼らを追い返したりはしないのだ。

むしろ、ていよく、ふたりの男をこき使う。

「いつのまにかすす払いの日になっちまったなあ。なんだか一年あっというまだ。もう駒《こま》の市が立てるんだねぇ。往来を馬連れの連中がひょっこらひょっこら歩いてらぁ」

世間話の口調で彦三郎が言った。

言われてみれば、道ばたを掃いていて、このところよく馬糞《まぐそ》が落ちている。みんなが嫌そうによけるそれを、はるは懐かしい気持ちで大事に掃除していた。子どものときに、兄が、道に落ちた馬糞を大きな貝殻を片手に拾い集め「肥料になるよ」と村の大人のところに持っていったのを思いだすから。

兄は、はると違って目端の利く子どもだったのだ。

いまにして思えば、父の稼ぎだけではまかなえなかった部分もあったのだろう。父と兄のさまざまな工夫が、はるのお腹《なか》を満たしてくれた。

そのせいか、いまはもう馬糞を拾い歩く必要はないのだけれど、黙って掃き捨てるのはもったいないと思ってしまう。

黙って捨てていいものなんて、この世にはなにひとつない気がして。

結局、「これを肥料にするのにもらってくれる畑はないかしら」と木戸番の与七に相談をして、もらってくれるあてを見つけてもらった。掃いてまとめて置いておくと、昼には馬糞はなくなっている。

「駒の市ってなんでしょう？」

聞き返したら、戸のすすを払っていた八兵衛が「駒の市ってのは、馬を売る市だよ。あちこちから馬の買い付けをしに人が来るんだ」と大声を出す。

「そういうことだ。文化元（一八〇四）年までは山之宿町《やまのしゆくまち》で馬市をやっていたんだが、いまは南部《なんぶ》侯の屋敷内でやっている。毎年、この時期に三歳馬の売買の市が開かれるんだ。街道を行く馬が多いだろう？　それが終わればすぐ浅草年の市だ。このへんがにぎわう時期だ」

治兵衛の説明に、はるはふと手を止めた。

つまり人出がさらに増えるということだろうか。

「あの……でしたら新しい献立を出してみてもいいでしょうか。人出が増えるっていうのなら、一見《いちげん》さんのお客さまも増えるかもしれないってことでしょう」

はるがおそるおそる治兵衛に言うと、治兵衛が「うん？」と聞き返す。

「はるさん、なにか出したい献立があるのかい？　でもあんまり目新しいもんは、うちは駄目だよ？」

作りたいものは、たくさんある。

食べてもらいたいものもたくさんある。

でも、食べてもらえるとなると――。

「はい。新しい鍋を出したいんです」

雪見をした日の光景が、はるの脳裏にふわりと浮かぶ。

寒いなか遠いところから江戸に来てくれる人のお腹と気持ちを温めるような鍋を作りたい。

「雪見鍋を作ってもいいでしょうか。わたしの引いた出汁の味は皆さんの舌にちょうどいいみたいだから……同じ出汁で作る雪見鍋も、美味しくできると思います」

じゃあ作ってみるかと、治兵衛が独り言みたいにしてそう言ってから、はるを見る。

「試してごらんよ」

眉間のしわがくっきりと刻まれているが、凶悪な顔の裏側で治兵衛がひっそりと優しく笑ってくれているような、そんな気がした。


帯に挟んでいた紙入れをなくしてしまったことに、はるが気づいたのは、外にたてかけた戸を拭いてまわっている最中だった。

「……ない」

掃除を途中にしてうろうろと店のなかの二階と一階を行き来して、出たり入ったりをしはじめたはるに、治兵衛が尋ねる。

「いったいなにをしてるんだい。すす払いをとっとと終えてしまわないと、今日は店を開けられないよ」

「ごめんなさい。帯のところに挟んでた紙入れを落としてしまったみたいで」

「そりゃあ大変だ。彦三郎、はるさんがお金を落としたらしいよ。探しておやりよ」

「あ、違います。わたしの紙入れにはお金は一銭も入ってないんです。ただ……彦三郎さんに描いてもらった寅吉兄ちゃんの絵が入っていて」

帯に挟んでいたそのあたりを片手でなぞる。

「なんだ。彦三郎の絵だけかい。だったらなくしてもたいしたこたぁないね」

治兵衛が拍子抜けした顔になる。が、はるはぶんぶんと首を横に振った。

「たいしたことあります」

「あの紙入れは、大切なもんだったとか、そういうのかい」

治兵衛が聞いてきた。

「違いますよ。わたしは彦三郎さんに描いてもらった兄ちゃんの絵、大事にしていたんです。あれがそのへんに落ちて、ぼろぼろになったら、悲しいじゃないですか。すごく良く描いていただいた絵なんですよ」

憤ってそう言うと、傍らで聞いていた彦三郎が目を丸くして手を左右に振る。

「そこまでたいした絵じゃあなかったよ？」

描いた側が自らそう言うので、はるは口を尖《とが》らせる。

「たいした絵かどうかは、わたしが決めます。あれはわたしにはたいした絵だったんです」

「……はい」

彦三郎がそう言った。

なにがどうして「はい」なのか。素《す》っ頓狂《とんきょう》な返事である。

「はるさん、その紙入れ、本当に落としたのかい？」

唐突に八兵衛にそう聞かれ、はるは「本当ですよ。だってほら、いつもここに挟んでたのがないんですもの。どこかに落としたに違いないわ。わたしときたら、うっかり者だから。すみません」と、うなだれる。

八兵衛が、おもむろに腕を組んだ。

「別にはるさんのことは責めてないよ。謝られる筋はない。なんでこんなこと聞いたかっていうと、昨今、このあたりに掏摸《すり》が出るって話を聞いたからだよ」

「掏摸？」

「ああ。しかもどうやら子どもの掏摸だっていうんだよ。走ってきてとーんとぶつかっといて相手のガキは振り返りもしないで走っていっちまうんだとさ。それでいまのはなんだったんだって思って、ふっと気づくと、財布がなくなっているんだと。たいした手口じゃあねぇよ。ガキならではのやり口だ」

子どもの掏摸と聞き、はるの眉間にしわが寄る。

今朝、地蔵さまを拝んでいたときには紙入れはあった。

その後、子どもとすれ違って、ぶつかって——油揚げに怒って地団駄を踏む姿を見て声をかけたが子どもは走り去って――。

あのときに自分の帯に紙入れがあったか、なくなっていたかの記憶がない。

「先月くらいからぽつぽつと街道のあたりや向島やらで財布を掏《す》られたっていう話はよく聞くようになったね。やってるのは子どもだけなのかい？」

治兵衛が聞き返す。

「おそらくな。掏られたって言う連中が、一様に〃そういえばガキにぶつかられたんだ〃って言ってるからには、きっとそうさ。ガキの身なりや人相を薄ぼんやりとでも覚えてるっていう相手に話を聞いて、人相書きを作らせてもらおうっていうところだ」

「なんでまた子どもがそんなことを」

「捕まえてみなきゃ事情はわかんねぇよ。でももしかしたら裏に元締めの大人がいて金をせしめてんのかもしれんなあって、岡《おか》っ引《ぴ》き仲間で話をしていたところさ。銭だけ取って財布や紙入れは別なところに捨ててんだ。高価なもんでも捨てちまってるのは、それを売りさばいたら足がつくのをわかってるってこった。ガキがひとりでやってるにしては抜け目がねぇからさ」

「年の瀬に、子どもに掏摸をさせてるなんて、嫌な話だねえ」

治兵衛の厳《いか》めしい顔がさらに険しくなった。

「嫌な話さ。掏摸ですんでるうちはまだいい。でも盗んだもんで生きていく術《すべ》を覚えて育つと、あとがつらいからな。俺だっていまはこうしてえらそうなこと言ってるけど、もとはろくでなしなのをなんとかまわりに引き上げてもらってまっとうに暮らせるようになったクチだから」

八兵衛も顔をしかめる。

岡っ引き稼業には、後ろ暗い過去を持つ者もいくらかはいるらしい。蛇《じゃ》の道は蛇《へび》ということだ。裏道を歩いて生きていく連中の情報を得るために、伝手《つて》を辿《たど》りやすいから。『なずな』のみんなは、八兵衛が、いまでこそ羅宇屋《らうや》と岡っ引きのふたつの仕事を請け負ってはいるものの、かつては裏稼業に身を置くやくざ者だったことをうっすらと知っているのであった。

「他の奴《やつ》らにお縄をかけられる前に、ガキの掏摸は、俺が捕まえたいもんだなあ。そんなわけでさ、掏摸についてはなんかわかったら俺に教えとくれよ。悪いようにはしないから」

治兵衛や彦三郎が八兵衛を見て、みんなの視線に気づいた八兵衛が頭を掻いて、笑う。

「上のお誉《ほ》めにあずかろうとかそういうんじゃあねぇよ。できたら手心をくわえたいっていうか……まあ、あれだ。堕《お》ちたことのあるもんだけが教えられることってのはあると思うから……なんて、な」

なるほど、と、はるは思う。

八兵衛は道を踏み外しかけた子どものことは見過ごせないし、手助けしたいと考えているのだ。

いまはもう、まっとうな道を大手を振って歩いていても、彼の脛には傷がある。その痛みのぶん、誰かに優しくしたいと思うのだろう。歩いてきた暗い道が、八兵衛の言葉の裏にすっと透けて見えた気がした。

「その気持ちは、あたしもわかるよ。そういうのは、見つけた大人がなんとかしてやらなきゃあ駄目な話だ。あたしもできることがあれば手伝いますよ」

治兵衛の言葉に八兵衛が「そうこなくっちゃだ。治兵衛の旦那《だんな》、ひとつ頼む。なにかあったら教えてくれよ」と返す。

勢いづいた八兵衛は「じゃあさっそくだけど」と、早口で、彦三郎に詰め寄った。

「とりあえず、人相書きだ。彦、おまえの絵がそんなにちゃんとしてるっていうんなら人相書きを手伝ってくれよ」

「なんで俺が。手伝うって言ったのは、治兵衛さんだよ」

「彦三郎はあたしの手足みたいなもんじゃあないか。描きなさいよ」

治兵衛がさらっと怖《おそ》ろしいことを言い「手足になった覚えは……」と彦三郎が白目を剝《む》いた。

「俺は人を描くのが得意じゃあないからって一番金になる美人画の注文も断ってるってのに……」

「はあ？　はるさんには、はるさんの兄貴を描いたんだろ。はるさんには描いてやってんのに、俺には描けねぇっていうのかい」

「見たこともない子どもの顔は無理だよ……」

「猫みたいな目をしたガキだっていうんだ。それだけで、もう描けるだろう、絵師なんだから」

「八っつぁんは絵師をなんだと思ってんだい。描けねぇよ、それだけじゃあさ。それに、俺はねぇ、そもそもが、描きたいって思ったもんしか描けないんだ。はるさんの兄貴の顔は、好きな顔だったんだよ。だから描いたんだ」

「なんだその理屈？　じゃあちょっとそのへんうろついて、いっぺん、ガキの掏摸にぶつかられてきて、ついでにそのガキを好きになってこい」

「八っつぁんは無茶苦茶だ」

言い争いをはじめるふたりに、治兵衛が「喧嘩《けんか》するなら、働きな。すす払いだよ、すす払い。あんたちふたりともあたしの手足なんだから」と両手をぱんっと鳴らして割って入ろうとした。

途端――。


「いてててててて」

治兵衛が腰に手を当てて、うめく。

「なんだい。どうした」

きょとんと目を瞬《しばたた》いたのは彦三郎である。

「腰……腰をひねった」

治兵衛が恨めしげな顔でそのまま壁に手を当て、固まった。

「加代さんだけじゃなく治兵衛さんまで腰を痛めるなんて」

八兵衛がげらげらと笑いだす。

「笑いごとじゃあないよ。こっちは痛いんだから」

「もう、駕籠《かご》でも呼んで中野屋に帰って寝るといい。すす払いはこっちでやっておくからさ」

はらはらとした顔で、彦三郎が、治兵衛のための駕籠を呼びに外へと走り出たのであった。


と、そんなふうにして騒ぎながらも——すす払いは無事に終わったのである。

治兵衛はいなくてもなんとかなった。彦三郎と八兵衛が縦横無尽に活躍をしてくれたおかげであった。

「昼飯はなんだい？」

と、八兵衛がいそいそと『なずな』の床几《しょうぎ》に座るのを、はるは押し止《とど》める。

「次はお加代さんのところって言ってたじゃないですか。約束したことは果たさないとなりませんよ」

「食べてからじゃあ駄目なのかい」

「後回しにすると彦三郎さんも八兵衛さんもお酒飲んで動きたくなくなっちゃいそうですもの」

ぴしりと言うと、「違いねぇな」「そうだなあ」とふたりして納得する。

はるは八兵衛と彦三郎を連れて加代のところへと向かった。

「こんにちは。はるです。お加代さん、すす払いのお手伝いに来ましたよ」

がらりと戸を開けると、加代が敷き布団の上で綿入れを肩までかけて、横になっていた。

「はるちゃん」

起き上がろうとして、痛みがあるのか顔をしかめる。ぱたりと動きを止めて固まってしまった加代に、はるは慌てて駆け寄った。

「いいんですよ。そのまま寝ててください」

「すす払いしてもらうのに、あたしが寝てるわけにもいかないよ。腰をやられたっていってもぜんぜん動けないってわけじゃあないのよ。立ったり座ったりがつらいだけで、立ち上がってしまえばそれはそれでどうにかなるんです。手を貸してもらえるかい？」

彦三郎もはるが支えるのとは反対側の加代の腰に手を添えて、

「そうですね。加代さんが寝てるところにすすを払って、綺麗な顔が汚れたりしたら大変だ。どれ、俺も支えますよ」

と加代の身体を引き上げた。

治兵衛に対しての態度のさらに上だ。彦三郎は常に優しいが、女性に対してはいくらか増して優しくなるようである。

加代はどうにか立ち上がったが、今度は直立したまま壁の側《そば》から動けない。いつもなら綺麗に整えられている髪がほつれ、げっそりとくまが浮いている。よろよろとして、はるの手を握りしめるものだから、はるもまた加代が心配でそこから動けなくなってしまった。

「悪いわねぇ。一回くらい、すす払いをしなくても年は越せるって源吉さんに言ったんだけど……」

しきりに恐縮する加代に、

「加代さんとはるさんは、そこで俺たちを顎《あご》で使ってくれりゃあいいんだ。治兵衛さんみたいにさ」

彦三郎が言い、八兵衛も「ここでもうひとがんばりしたら、ただ飯だからな。気張って働くぜ」と明るく続ける。

結局、はるは、ふたりが戸を外したり、竹箒ですすを払ったりしてくれるのを、加代と眺めることになった。

「床几を持ってきましょうか？」

座ったほうがいいのではとはらはらして尋ねると、

「いや、座るより立っていたほうがまだいいんですよ。これでも少しはましになったから、大丈夫」

片手で腰をさすりつつ、加代が言った。

「参ってしまうわよね。三日前の朝にさ、子どもとぶつかって転んだんだよ。起き上がろうとしたときに変なかっこうでひねっちまったんだろうね。なんとかうちまで戻ってこられたけど、横になったら縦になれないし、縦になったら横になれないしで、大変だったわ。見かねた源吉さんがよく効く湿布を持ってきてくれて、助かりました。困ってるときは長屋のみんなの優しさが身に染みるわねぇ」

「わたしったらぜんぜん知らなくて……ごめんなさい」

「……知らなくってもかまやしないわよ。だけど、腰を痛めてしばらく、源吉さんから『なずな』のおかずをもらって過ごしてたのよ。煮炊きもできなかったから、ありがたかったわ。ごちそうさま」

「食べていただけていたなら、嬉《うれ》しいです」

「特にこないだもらっただし巻きと里芋の煮転がしは美味しかったよ。おにぎりもちゃんと塩が利いてて、いいあんばいに握られててさ。不思議なもんだよね。あたしは、おにぎりってのは他人が握ってくれるほうが美味しいと思うんだ。自分が握ったもんじゃあなきゃ嫌だって人もなかにはいるけど、はるちゃんはどっち？」

「わたしはなんでも美味しいです」

加代が「あら、まあ」と声をあげて笑い、すぐに「いたたたた。腰に響いたわ」と眉《まゆ》をしかめた。

「ごめんなさいっ」

加代は「なんではるちゃんがあやまるの」とまた、笑う。

それから、しみじみとしてつぶやいた。

「自分ひとりじゃあなにもできなくなっても、こんなふうに親切にしてもらえるってわかるのは、あったかいもんだねぇ。親切や優しさは目に見えて形になるものが、やっぱり、いいもんなんだろうね。わかってたのに、ちっと歯がゆい」

加代の言葉に、はるは、なにが歯がゆいのかと首を傾げる。

疑問が顔に出ていたのだろう。加代が、続ける。

「三味線の音色じゃあお腹いっぱいにならないもの。お腹すいてる人に、あたしの三味線聞かせても、ありがた迷惑ってもんだろう？」

弟子をとって三味線を教え、それで食べている人なのに、なんでそんなことを言うのだろう。

「迷惑なはずないじゃないですか。わたし、お加代さんの三味線の音が聞こえると〝ああ、自分は江戸にいるんだなあ〟ってそう思うんです。いいものを聞かせてもらってるなって、仕事の手を止めて、聞き惚《ほ》れてしまうこともあるんですよ？」

里で、夕暮れに、三味線と小唄《こうた》が聞こえてくるなんてことはなかった。だからはるにとって加代の三味線はどこか特別なものなのだ。

「そういうものなのかねぇ」

加代が物憂げにうつむいて、はるに聞く。

「石地蔵のところにおにぎりを供えてるのはさ、はるちゃんなんだろう？」

「え……。はい」

「あんたのおにぎりをいつも心待ちにしてる子どもがいるの、あんた、知ってるかい？」

「……はい」

たぶん今朝、お地蔵さまにお供えした油揚げを見て地団駄を踏んでいた子どもがそうなのだろう。

「あんたが起きて地蔵さんにおにぎりをお供えしたあとくらいに、あたしは寝るんだよ。昔から宵っ張りだったのもあるけれど、年を重ねて、長く寝るのがどうにも下手になってね。寝たり起きたりをくり返して、通り木戸の鍵《かぎ》が開いたら、一旦《いったん》石地蔵を拝んで――また家に戻って朝寝をしてってそんなふうに過ごしてるんだ」

はるちゃんがここに来てから、いつ頃《ごろ》だったかねと、加代はなにかを思い返すように目をすがめて言う。

「だいたいいつも朝五つ（午前八時）の鐘が鳴る頃よ。あたしが地蔵さまを拝みにいくと、子どもがちょろちょろと歩いてまわるのを見かけるようになったのよ。この近所の子じゃあないのは、すぐにわかった。知らない顔だったからね。でも毎日あのへんですれ違う。いつもほっぺたを膨らませて、両手におにぎりを抱えてるから、ああ地蔵さまのお供えを食べにきてんだなあってわかったよ」

やっぱりあの子が、と思いながら話を聞く。

「これが神社の賽銭《さいせん》泥棒とかなら見咎《みとが》めたろうけど、石地蔵のお供えのおにぎりだろう？　あたしも子どもんときにひもじかったときは、たまにそういうことをしたもんだと懐かしくなったよ。地蔵さまは誰かが自分のところのお供えを食べたって文句なんぞ言わない。だけど毎日やってくるのが、気になった」

「……毎日やってくるのが？」

「だって同じ町内の子じゃあないもの。毎日、あんたが置いていくのを見計らって、盗みにくるのが切なく思えたんだ。いつもひもじいんだろうか、寒いのに遠いところから来ているのか、おっかつぁんやおとっつぁんはどうしてるのか」

ああ、とはるも内心でうなずいた。

子どもがお腹をすかせているとき、その後ろにいるはずの家族のことをどうしたって考えてしまう。家族みんながひもじいのか。それともその子だけひもじいのか。いや、そもそもが、守ってくれる大人がいない子なのか。

「どこの子なんだろうと、つい、顔をじろじろと見ちまうようになったんだ。よく見たら、その子は、いつもおにぎりを片手にひとつずつ持っていてさ――もしかしたらそれは食べずに家の誰かに持って帰るんじゃないかと思ったら、どうにかしてやりたい気になってきて。――あたしは子どもに恵まれなくて、それだけが唯一の、今生の心残りなもんだから」

寂しげに加代が言う。

だから、関わりのない子どもでも、どうしても目が勝手に追いかけてしまうのだと、嘆息する。自分は子どもと暮らしたことがないから、どうやって話しかけたらいいかもわからないのだ。子どもっていうもののことが、気になるのに、苦手なんだよ、と。

「でもあの子にとっては知らないばあさんだ。声をかけるでもなし、毎日のようにじろじろと見られてるのが嫌だったのかもしれないねぇ。いつもならその子は、あたしから離れたところを走ってくんだけど、そんときだけはあたしにわざとぶつかってきたんだ」

そのぶつかったときに転倒し、それで腰をやられたのだと自嘲《じちょう》するように笑う。

「しかもその子、ぶつかってきたついでにあたしの懐から巾着《きんちゃく》を掏っていったんだ。掏摸をする気でぶつかったんだ」

「掏られたんですか？」

思わず大きな声が出た。

「たいしたもんは入ってないよ。小腹がすいたときに舐《な》める、ちょっといい金平糖《こんぺいとう》だ。あたしは甘いもんが大好きだからさ。でも――掏らなくたってよかったんだよ。あたしのほうからひとこと声かけて、食べるかいって聞いて一緒に舐めればいいことだったのに」

ひどい目に遭《あ》ったというのに加代は子どものことを責めようとしない。

「あんたのおにぎりは、あの子のことを助けてる。あたしはそれが羨《うら》ましいよ。ご飯は、いいよ。わかりやすくて、役に立つ。ひもじいときに差しだされたら、それだけで嬉しくなれるもの」

しゅんと肩を落として「いてててて」と、また、顔をしかめた加代の腰を、はるはゆっくりとさすった。

そうして——。

加代の家のすす払いを終え、三人はまた『なずな』に戻る。

はるは、綺麗になった竈で、遅い昼ご飯を作ることにした。米だけは朝のうちに研いで水に浸しておいたから、炊きたてのご飯を出すことができる。それと、ぬか漬けに、他は手早くさっとできるものがいい。

もちろん加代のぶんも作って持っていくつもりでいる。

「八兵衛さん」

いつもの床几に座って晴れやかな顔をしている八兵衛に呼びかける。

「なんだい。美味しいもんなら、なんでもいいよ。あれを作れとか、これを作れとか、こっちから注文なんかはしないで心よく奢《おご》られてやるから安心しな」

「いえ、なにを食べたいか聞こうとしたんじゃあなくて。——お加代さん、腰をやられたときに子どもの掏摸に巾着を掏られたんだそうです」

「なんだって？」

八兵衛が目を見開いた。

「中味は金平糖で取られて困るようなもんじゃあなかったから、お上に訴えるようなことはするつもりはないって……。それで、いまさらこんなこと言うのもなんなんですが……わたしも今朝、子どもとぶつかっているんですよ」

掏摸の話が出たときに「まさか」と思って言いそびれたきりだったので、少しだけばつが悪い。

「ああ、彦の絵が入ってたっていう紙入れがなくなったときに……？」

「はい」

「そうか。教えてくれて、ありがとうよ」

「それで、八兵衛さん——わたし、思いついたことがあるんです」

はるは朝に出会った子どものことを話しだす。

「——石地蔵さまのところで子どもを待ち伏せようと思うんです。手伝っていただけますか」

八兵衛は真面目《まじめ》な顔で黙ってはるの話を聞いてくれたのだった。

翌朝である。

はるは炊きたての白米で六個のおにぎりを作って石地蔵へと足を向けた。

いつものようにお供えをしてから、手を合わせて拝む。地蔵の治兵衛の眉間を指で辿って「お地蔵さま」と話しかける。

「昨日は治兵衛さんが『なずな』に戻ってこなかったんですよ。彦三郎さんが今日、中野屋さんに様子を見にいってくださるって言っていたけれど……」

はるが顔を出せば、治兵衛は腰が痛いままでも『なずな』に来てくれそうである。お見舞いをしたくても、時期を見て、治兵衛に気遣いをさせないようにしなくてはと思う。

「昨日はここで子どもとすれ違いました。あの子、わたしのおにぎりを毎日食べてくれているんですよね」

そうして、はるの紙入れを掏った。

加代にぶつかって転ばして巾着も掏った。

なんでそんなことを……と思うけれど。

「お地蔵さまだけは、真実をご存じなんでしょうね」

ご飯はいいよ。

役に立つ。

加代が言った言葉は、はるのなかにすとんと落ちていく。

「美味しくて、みんなのお腹を満たせるような、そんなものを作りたい。わたし、『なずな』を続けたいです……」

それだけのことだが、それだけのことが難しい。

あれこれと思いあぐねているうちに、気づけば朝になっていた。

「でも、眠れないままひと晩過ぎて、ちょっとだけ笑ってしまったんですよ。だって、寝ないで朝になるの、江戸に来て、はじめてだったんですもの。今朝になって思ったんです。つまるところ、江戸にきてからずっとわたしは、なんにも考えずに安心して眠れる毎日を送っていたんですね。わたし、幸せものですね……」

つくづく自分は恵まれて、幸せなのだなと、朝日がのぼる空を見上げてそう思ったのだ。

見守って、手を差しのべてくれた人たちにちゃんと恩を返したい。

自分がしてもらったのと同じことを、他人にできたらいいのだけれど。

「お地蔵さまも、わたしのことを毎日見守ってくださってありがとうございます」

はるは、地蔵たちの顔を拭いて頭を下げ、石地蔵を後にする。

そうして、ある程度歩いてから脇道《わきみち》へとそれ、寺の塀に身を潜めて、地蔵を見張る。

こちらからは地蔵が見えるが、地蔵からははるが見えない位置である。

道の向こうから駆けてくる人影に目をこらす。

昨日の子どもだ。

子どもが、石地蔵の前のおにぎりを見つけ、手に取った。ひとくちで食べられる程度の小さなおにぎりだ。子どもは、その場で四個、立て続けに口に放《ほう》り込む。残った二個を手に持って歩きだす。

来た道をまた戻っていく子どもに気取られないように、はるはそっと後をつけていく。

そもそも、子どもは誰かにつけられているなどと思いもよらないのだろう。背後を気になどしていない。両手におにぎりを摑《つか》んで、急ぎ足だ。

寺院をぐるりと囲む塀沿いに歩き、道を曲がると右手に雷門が見える。子どもは広い通りを左に折れ、雷門とは反対側に歩きだす。

身を潜めるはるの肩が、とん、と叩《たた》かれ、振り返る。

「八兵衛さん」

八兵衛が唇に手をあて「静かに」と身振りで示した。

八兵衛には、掏摸かもしれない子どもが、毎朝、石地蔵のお供えを食べているという話は昨日、伝えていた。

そのうえですぐに捕まえるのではなく、その子がおにぎりを持ってどこに帰るのかを探させてくれとお願いしたのは、はるだった。

二個のおにぎりを毎日持ち帰っているのだとしたら、誰に持って帰るのか。

大人に無理にやらされているのか。

それともやむにやまれぬ別な事情があるのだろうか。

八兵衛ははるの言葉にひとつひとつうなずいて「石地蔵さまがつないでくれたご縁なら、いきなり捕まえるなんてしたくねぇよな」と同意した。

そんなわけで――。

はるは、そのまま、八兵衛とふたりで子どもをつけていく。

おにぎりを手にしたまま、子どもは、西仲町《にしなかまち》の長屋へと辿りつく。ためらうはるを尻目に、八兵衛は堂々としたものだ。つかず離れずで裏長屋へと足を踏み入れる。物陰で隠れるはるたちに気づかず、子どもは一軒の家の戸を開ける。

「ただいま。母ちゃん、おいら、今日もおにぎりをもらってきたよ」

跳ねるようにして駆け込んで大きな声でそう言った。

八兵衛と共にさらに家へと近づいて、壁沿いに立ち、なかの様子を探る。

「おかえり」

　女性の声だ。母親だろう。

「……いつもの一膳飯屋《いちぜんめしや》のお姉さんかい？　こないだは金平糖までもらってきていたね」

「あれはね、おいらがお店の手伝いをしてたら、えらいねってお客さんがくれたんだ」

「優しいお客様だこと。お店の名前は『なずな』だったね」

「うん」

　はるは、はっと息を呑《の》む。

「一度、お礼に伺わないとならないね。熊吉《くまきち》のことを雇ってくれたのに、ご挨拶《あいさつ》もできてない」

「いいよ。だって、母ちゃんはまだふらふらしてるじゃないか。熱も下がってないんだろ。寝てなよ」

「そんなわけにはいかないよ。こんなに毎日、ありがたいご飯をいただいてなんの挨拶もしないなんてさ」

「でも昨日はくれなかったよ。それに朝早くに呼び出されて、昼も手伝いにいってるのに、こんな小さいおにぎりなんだからケチ臭いったらないし」

「そんなこと……」

「たまーにちょっとばっかしお給金くれるけど、働いてるんだから当然だよ。くれないことだって多いしさ。ここんとこ、ちっとも稼げてない日が続いてて、どうしようもないったらないよ。昨日なんて変な男の似顔絵を銭のかわりに寄越してさ。馬鹿にしてらぁ」

「ああ、あの絵。いい絵だったよね」

「絵なんてなんの足しにもなんないのにさ……。もっとたくさん稼いでこられたら母ちゃんの薬だって買えるんだけど……。おいらにできることが少ないから……。おにぎりだって、母ちゃんにもいっぱい食べてもらいたいんだけど……。おいら、つい夢中になって食べちまって、残してうちに持って帰るの、いつも二個だけになってさ」

「白米の握り飯なんてご馳走《ちそう》だものね。たんと食べればいいよ。お母ちゃんのぶんも食べてきていいんだよ？」

「お漬け物くらいつけてくれればいいのに、あの姉ちゃんそういうところがちょっと気が利かないんだよな」

「いただきものに文句つけるなんて……調子にのっちゃあ駄目だよ。ありがたい気持ちで感謝がだいいちだ」

「だって……ありがたい気持ちで感謝っていったって」

「熊吉っ‼」

声を荒らげた途端、苦しそうにヒューッと息を吸う音がして、咳《せ》き込みはじめる。

ぱたぱたと室内を走る音がして「母ちゃん、水。水、飲んで」と熊吉が言った。

八兵衛とはるは顔を見合わせ、黙って、長屋を後にした。

町木戸を抜けてすぐ、

「はるさん、俺はもう少し、あの親子のことを聞いてまわってから『なずな』にいくよ」

と八兵衛が言った。

「はい。よろしくお願いします」

答え、とぼとぼと帰る足どりが自然と重くなる。

ありがたい気持ちで他人に感謝なんて、熊吉はできやしないだろう。だって誰もあの子に優しくはしていないのだから。掏摸をして持ち帰る銭。掏摸で手に入れた金平糖。お供えを持って帰る小さなおにぎりが六個。そこにはなんの善意もない。

母の薬と食べ物のために、小さな子どもが掏摸で稼いで——母にそれを言うことができず、さも自分が周囲に恵まれて優しくされているように嘘《うそ》をつく。

熊吉が母親についている切ない嘘に、はるの胸が痛んだ。


ひとりで『なずな』に戻ったはるは、自分にできることはなんだろうと考えながら開店の準備を進め、暖簾を外に出す。

「……薬を処方できるわけでもなし、銭があまってるわけでもなし。わたしにできることは料理を作ることだけ、か」

その料理もたいして上出来というわけでもなく、中の中から、中の上というところだろうか。自然とため息が零《こぼ》れ、自身を叱咤《しった》して「いやいや」と首を左右に振る。

うなだれて、たまるものか。

がんばることしか得意じゃあないのに、がんばることすら諦《あきら》めてどうする。まだまだあがいて、やることを見つけないと。

「わたしにできることは料理を作ることだけ、じゃあないのよね。――〝いまのわたしには料理を作ることができる〟って考えないと」

里にいたときには料理でお金を稼げるなんて思ったためしもなかったのに、たいしたものだ。

はるが作ったおにぎりが、石地蔵さまたちのご縁で、熊吉親子の腹を満たしてきたのだと思えば少しだけ自分の気持ちが救われる。なにもできなかったわけじゃない。一日六個のおにぎりを渡すことができていた。

まずは目の前にある、自分ができることをしようと、はるは手を動かす。

今日は、雪見鍋にすると決めている。それから、ぼてふりから買った鱈を天ぷらにしよう。帆立《ほたて》の貝柱は小さいからと負けてくれた。もちろんそれも天ぷらだ。揚げては美味しいし、多めに揚げておいて、夜に来た客たちには火鉢でさっと炙《あぶ》って白米に載せて、出汁をかけて天ぷら茶漬けにして食べてもらってもいい。

下ごしらえをしていると、かたりと音をさせ、障子戸《しょうじど》が開いた。

「いらっしゃいませ」

暖簾をくぐったのは八兵衛である。

「……八兵衛さんっ。熊吉さんはどうでしたか」

ぱたぱたと駆け寄って尋ねるが、八兵衛は「うん」といつも通りにまず見世棚を覗き込んで呻吟《しんぎん》する。

「いくつか調べてはきたけどよ。腹がすいた。はるさん、今日は、なにが食べられるんだい」

「え……」

　虚を突かれて、ぽかんと口が開いてしまう。

　八兵衛は見世棚を覗き、唸《うな》る。

「きんぴらに里芋に切り干し大根ときたもんだ。どれも旨《うま》いが今日の気分じゃあねぇな。今日は朝から働いたから、もうちょっと特別なもんが食いてぇなあ。いいだろう？　はるさんの奢りでさ」

「わたしの奢りで……」

　八兵衛の様子があまりにも普段のままで、はるの肩の力がふっと抜ける。

「雪見鍋ができますが」

「鍋って気分でもねぇんだよな」

「じゃあ牛蒡《ごぼう》と人参《にんじん》のかき揚げに、鱚や芋の天ぷらなんてどうでしょう。揚げたてをお出ししますよ」

「いいねぇ」

　はるは天ぷらの支度をはじめる。

　八兵衛が床几に座って、ひょいっと首をのばす。

「そういや、治兵衛さんは今日もいないのかい」

「はい」

参ったなあ、治兵衛の旦那に知恵を借りたいところだったがと、八兵衛が頭を掻く。

「ごめんなさい」

「なんでまた、あやまるんだよ。はるさんのせいじゃあないのにさ。その、あやまり癖は直したがいいよ」

「ごめん——」

「言ってるはしから、それだ」

八兵衛が呆《あき》れ、はるはぴょこんと首をすくめた。

「おっと、手は止めないでくれよ。腹すいてるんだ。食べながら話すから、俺の天ぷらきっちり揚げてくれ。美味しく頼むぜ」

「はい。美味しく揚げますとも」

下ごしらえしてあるものにさっと粉を振り、鍋に油をたっぷりと注いで熱していく。手のひらを鍋にかざして、油の温度の確認をしながら、八兵衛の話に耳を傾ける。

「熊吉はさ」

やっと熊吉の話になった。はるは手は止めず、注意深く、八兵衛の言葉に耳を傾ける。

「はい」

「母と子とふたりで暮らしてるんだそうだ。母親のほうはずいぶんと苦労してる。隠していいるみたいだが、昔は、夜鷹《よたか》をして食いつないできたらしい。後ろ暗い過去があるんだろうってのは、同じ長屋の連中はみんな察しているようだがね。同じ長屋の他の連中も、あの親子のことは気にかけてくれてるみてぇだよ。なかには口さがないことを言う奴もいるらしいが、そんな奴はどこにだっている」

油が熱くなってくる。溶いた衣を箸《はし》につけ落とす。半ばまで沈んだ衣のまわりにしゅっと小さな泡が立つ。揚げるには、まだ早い。

「熊吉を生んでからはすっぱりと足を洗って、繕いものをして暮らしてたみたいだな。でも去年、風邪《かぜ》で寝込んじまって、以来、枕《まくら》から頭が上がらない。熊吉はおかっつぁんのために医者を呼んだらしいが、貧乏長屋に足を運んでくれる医者はいなかったとさ」

「そうなんですか……」

「熊吉が掏摸をしてるってことは、どうやら近所の連中は知らないでいる。ってことは、自分の長屋の連中からは掏ったことはないってことだ。用心深いガキだ」

賢いよなあと、八兵衛がひとりうなずいている。

「たまに持ち帰った銭はみんな『なずな』で働いてもらったもんだって、人に聞かれたらそう答えてたらしいぜ。この店、最近でこそ人が来るようになったけど、それまで俺と彦三郎しか出入りしてなかったから、嘘も本当も、誰にもわかりゃあしないもんなあ。うまいところをかいくぐってそらっとぼけて見せる。あの熊吉って小僧、いい嘘をついてみせるもんだ」

「頭のいい子なんですね」

「ああ。困ったな」

「困るようなことですか？　頭がいいことが？」

「頭がいいのも善《よ》し悪《あ》しなんだ。賢いガキのなかには、一度、堕ちて、稼げる道を知ったところからとことん堕ちてく奴がいる。存外、馬鹿より、賢いほうが抜けてく底が深いんだ」

はるは、八兵衛の話にうなずきながら、衣をつけた鱚や芋、帆立の貝柱に牛蒡と人参のかき揚げを揚げていく。じゅうっ、ぱちぱちと油の跳ねるいい音がして、温度の高くなった油の匂《にお》いがあたりに満ちる。

天ぷらが、油のなかに落ちていって、ふわりと浮かぶ。

箸でつまんで、油を切って、はるは言う。

「賢いならば、底から這《は》い上がってきてくれるんじゃないかしら」

それはただの願いでしかないけれど。

「運なんだよ。堕ちていくのも運。上がるのも運」

八兵衛がそこで渋面になる。

「どっちにしろお加代さんの言もあるし、あの子が掏摸なのは間違いない。捕まえてお灸《きゅう》を据えるか、どうするか……悩みどころだなあ。お縄にしちまうと、あそこのおかっつぁんが悲しむだろうし、まわりの連中があの親子を見る目も変わる。捕まえる前に、自分から足を洗ってやっていこうと思ってくれるような、なにかがあればいいんだがなあ」

ちょうどよく白米も炊きあがり、茶碗によそって持っていく。

「お。揚げたて天ぷらと炊きたてのご飯か。ご馳走だ。食うもん食わないと名案は浮かばねぇからな」

八兵衛はぽりぽりとぬか漬けの蕪《かぶ》を咀嚼《そしやく》する。

続いて芋の天ぷらを「はふっ、あつっ、うまっ」と頬張った。

と——かたりと戸が開く音がした。

店のなかに外からの風が吹き込んで、顔を覗かせたのは笹本である。

「笹本さま。いらっしゃいませ」

はるは、ぺこりと頭を下げて、続ける。

「治兵衛さんは腰を痛めて中野屋さんのほうにいらしてて……今日はわたししかいないんです。治兵衛さんがこっちにやってくるかどうかはわからないので、もし治兵衛さんにご用でしたら中野屋さんにいってくださったほうが……」

「腰を？」

「はい。すみません……」

はるが治兵衛の腰を悪くしたわけではないのだが、申し訳なくてうなだれた。

「だからどうしてはるさんが謝る。治兵衛の旦那は勝手に腰をひねっただけで、はるさんはなにもしてなかろうに」

八兵衛がそう言った。

「なるほど。あとで中野屋に見舞いにいくことにしよう」

と、笹本がうなずいた。

「はい」

「ただ、今日は相談事じゃなくて、はるさんの茶碗蒸しが食べたくて寄ったんだ。このあいだのお粥《かゆ》と茶碗蒸し、ありがとう。母が、旨いと、喜んでくれた」

笹本の返事に、はるは目を瞬かせる。

「よかったです。お母さまのお口にあって。でも今日は卵がなくて」

日々の昼ご飯、夜ご飯を求めて客がやって来る一膳飯屋は、日替わりで、毎日違う美味しいおかずが食べられるのがなによりなのではと思ったのだ。美味しい茶碗蒸しがいが、もしかしたらその考えは間違っているのかもしれない。美味しい茶碗蒸しがいつ
ついっても『なずな』にあるから、ふらりといこうと決めて来てくれる客もいるのかも。


ひとつひとつ勉強だと思いながらも、ぱっと閃《ひらめ》いて正しいことができない自分の鈍さが嫌になる。治兵衛さんがいてくれたなら、きっと、今日も茶碗蒸しを作れと言ってくれていたに違いないのに。

「そうか。また買ってきてくれと母に言われて来たんだがな。今日はないのか。いつでもあるっていうわけじゃあないんだなあ」

「……はい。いえ。あの……はい」

「どっちだい？」

「これからは……毎日作ります」

笹本が「それは嬉しい」と笑っている。

「どうやら、はるさんが言っていた、歯茎に沁みるから固いものや熱いもの、冷たいものを避けていたというのが当たっていたらしい。茶碗蒸しを混ぜた粥を作ったら、こういうものが食べたかったんだと大層喜んでもらえた。薬食いをすすめて面目を失ったのが、少しだけ取り返せたよ。ありがとう。はるさんのおかげだ」

「いえ、そんな」

「母があれは旨かったと何度も言うから、妹も食べたいと言いだしてね。今日は三人分の茶碗蒸しを土産にしようと来たんだが」

笹本が店のなかをくるりと見渡す。

八兵衛がひょいっと頭を下げるのに、笹本も挨拶をかえした。

「ごめんなさい。明日にはまた卵を仕入れてお出しします」

「そうか。じゃあ、明日にまた来ることにしよう」

「本当にすみません」

「いや、そんなに謝ってもらうようなことじゃあないよ。明日、夜に顔を出すから三人分を置いておいてくれるかい」

「もちろんです」

笹本は恐縮するはるに微笑《ほほえ》み「では、今日はなにがあるんだい」と問いかけて、障子戸を開けっ放しのままで出入り口近くの床几に座る。寒くはないかと気を揉《も》むが、いつにもましてすっきりと背筋をのばし、ひたすらに凜々《りり》しく折り目正しい佇まいだ。

「雪見鍋と鱚や芋や牛蒡の天ぷらです」

「じゃあまず雪見鍋をいただこう。あと徳利《とっくり》もひとつ」

笹本は、御薬園勤めとはいえ同心である。笹本の目の前で、さっきまでのように掏摸の話はできやしない。八兵衛はいままでとはうってかわって無言になって、もくもくと天ぷらを食べている。

はるは、鶏肉《とり》の脂を丁寧にとってからひとくち大に切ってさっと湯通しをする。煮立てた出汁に、鶏と豆腐と葱を入れてから、おろした大根をふわりと載せる。白いみぞれの雪のなかに豆腐や葱が埋もれている。

笹本は雪見鍋に目を細め「鴨鍋《かもなべ》も美味しかったが雪見鍋もよいな」と舌鼓を打つ。

「甘くなった大根にしっかりとした鶏肉というのはよく合うな」

あっというまに徳利を一本あけて、

「徳利もうひとつ。それから天ぷらももらえるだろうか」

「はいっ」

はるは急いでちろりで酒をあたためて、揚げたての鱚に、野菜のかき揚げを手早く盛りつけ、笹本の前へと運ぶ。

「これもまた美味しそうだ」

笹本は、塩を振って、まず鱚の天ぷらに口をつける。熱々のそれを頬張って、目を細め、見る見るたいらげていく。

はるがじっと見ていたら、笹本が照れたように頭を掻いた。

「母にあわせて歯ごたえのないものを家で食べるようになったので、外では、固いものが食べたくて」

「はい」

「はるさん、他におすすめは?」

これだけ食べて、まだ食べるのか。

はるは笹本の全身を上から下まで二往復して見てしまった。長身とはいうものの細身なこの体軀《たいく》で、いったいどこにそれだけの食べ物がはいっていくのやら。

「じゃあ天ぷらを出汁茶漬けにしてみましょうか?　冷めた天ぷらがあるときに、おとっつぁんがたまに作ってくれたものなんですが、天ぷらをご飯に載せて塩を振って出汁をかけるんです。揚げ物の油が出汁に溶けて、美味しいうえに、しっかり食べたって気持ちになります」

「ぜひ、それで」

子どもみたいにわくわくした目で前のめりになって頼むので、少しだけ笑ってしまう。

帆立の貝柱のかき揚げはこんもりと厚みのある丸形になり、きつね色に揚がっている。鱚の大きめなのがからりと一尾丸ごと。骨ごと食べられるくらい、ふっくらさっくりと揚がっている。これを出汁に浸すのはもったいないが、わさびをちょいと添えて炙った海苔《のり》を散らして白米と共にかっこむと、口のなかに出汁の味と天ぷらの旨味にごま油の香りがさらさらと混じりあい、するっと喉《のど》を通り抜けていく。

「これは……いけないことをしているようで……だけど旨いね」

笹本は、はるが作った天ぷら茶漬けを、すかさずはふはふと頬張ってそんなことを言う。

「いけないことって……」

「さくさくの天ぷらを出汁に浸すのも、こんなに旨い出汁を贅沢《ぜいたく》に使うのも、海苔とわさびもなにもかも、いけないよ。いけないのに、旨い」

あとはひたすら豪快に食べていく。

傍らで見ていた八兵衛の喉がこくりと鳴った。

「旨そうに食べるお人だなあ。俺も雪見鍋が食べたくなった。あと酒も飲みたくなっちまった。はるさん、こっちにも雪見鍋と燗《かん》酒を」

「はい」

用意して持っていくと、八兵衛はお猪口《ちょこ》に注《つ》いだ酒を一気に飲み干した。

七輪の上でくつくつと音をさせて煮えている鍋の蓋《ふた》を取る。そこにおろし大根をふわりと載せて、もうひと煮立ち。ぶわっとあがった白い湯気が出汁のいい匂いをさせて外へと逃げていく。

雪見鍋をつついた八兵衛が、

「くそう。旨いな、これ。酒が進む」

と唸るようにしてつぶやいた。

入り口付近でそうやって、ただひたすらに天ぷら茶漬けや雪見鍋を熱心に食べる男がふたり。互いに言うことは「旨いね」「旨いな」の応酬だ。

今日は奥州街道の人の往来がいつもよりさらに多い。ちらちらと『なずな』を横目にして通りすぎる人たちのなかから、何人かが気になったようで店の暖簾をくぐってくれた。

「いらっしゃいませ」

入ってきた客はそれぞれに「あれを」とふたりの食べる天ぷら茶漬けや雪見鍋を指さした。

「はいっ」

はるはしばらく天ぷらを揚げ、雪見鍋の支度をし、天ぷら茶漬けを作って出してと、忙しく立ち働く。いつもは治兵衛がやってくれるちろりの番もしなくてはならない。

あっというまに時間がたった。

銭を払って去っていく客たちの波が一旦途切れるが、他の客たちが帰っても八兵衛と笹本のふたりだけは徳利を傾け、ちびちびと佃煮《つくだに》やきんぴらごぼうと炙りしめ鯖《さば》を楽しんでいた。

「参ったねえ。ずーっと考えてもこれって名案も思いつかねぇし、暗い気持ちでいても、酒は旨いし、飯も旨いときたもんだ」

八兵衛が自棄《やけ》になったようにそう言った。

それを聞いた笹本がふっと小さく息を吐き、

「あたたかいご飯が食べられるうちは、本当に暗い気持ちにはならないものなのかもしれぬな」

思わずといったふうに、八兵衛にそう語りかける。

互いにそれなりに酒を飲み、酔いが少々まわっているらしい。

「そういうことなんでしょうね」

八兵衛が言う。

「そういうことなんでしょうか」

はるも言った。

「そういうことなんだよ」

笹本が鷹揚《おうよう》にうなずく。

そうして笹本と八兵衛は、はるの料理を最後まで美味しそうに食べ、酒を飲み、帰っていった。

店というのは不思議なもので、客が来るときは、次々と来てくれるものらしい。

思っていたより天ぷら茶漬けが好評で、鱚の天ぷらと帆立の貝柱のかき揚げの山が見る見る小さくなっていく。

四つの鐘が鳴り、はるは、からりと戸を開け放つ。

暖簾と行灯《あんどん》が風に揺れている。揚げ物の匂いが道の向こうへと漂って、行き交う人たちがちらちらと『なずな』のなかを覗き込む。

ふらりと入ってきたのは、前にも来てくれたぼてふりの貞吉《さだきち》である。小柄だが、しまった体軀で、身が軽い。

「いらっしゃいませ。今日は貞吉さんのところで買った芋や牛蒡も使った、天ぷらですよ。鱚に帆立の貝柱のかき揚げもあります」

「いいねえ。じゃあ、それをくれよ」

「はいっ」

天ぷらを揚げながら、はるは思う。

ここに、熊吉とその母親もいてくれたらいいのに。『なずな』に本当に来てくれたなら、おにぎりだけじゃなく雪見鍋も天ぷらも食べてもらえる。

そこまで考えて、はるは「あ」と思いつく。

来てもらわなくても、自分がいけばいいいんじゃないのか、と。


その日、治兵衛はとうとう来なかった。腰を痛めてしまったのだから仕方ない。

ひとりで店を切り盛りし、客が途切れなく訪れて、てんてこまいのまま日が暮れた。

悩みながらも、はるは、いつもより早めに店を閉める。数えてみると昨日より銭が増えていた。ありがたい。

店じまいをしたはるは、残った天ぷらと白米におかずを少しずつお重につめる。昆布豆にきんぴらごぼう。梅干しと、ぬか漬けも忘れない。

お重を布で包み、出汁の入った器に米の粉を持ち、出向くのは——西仲町の熊吉親子の暮らす長屋であった。

月も見えない真っ暗な空が頭上に広がっている。ただ、暗いというそれだけで、朝に歩いた道とは、まるで景色が違って見えた。

夜風が頬を叩く。綿入れと肌の隙間《すきま》から寒さが身体の内側にひたひたと忍び込む。

堕ちていくのも運。上がるのも運。

歩きながら、はるは、八兵衛の言葉を心のなかでくり返す。はるが彦三郎と治兵衛に救われたのは、運だろうか。いや、運ではない。彦三郎と治兵衛の行いが、はるを『なずな』に導いたのだ。それこそが運だというのなら、熊吉にだって運があるはずだ。はるは、熊吉のもとに良い運を手渡したいと思ったのだ。

辿りついた長屋の木戸はまだ開いていた。長屋の裏へと足を進め、熊吉の家の前で立ち止まる。いまからやろうとしていることが、はたして正しいかどうかなんてわからない。でも、やらないよりは、やったほうがまし。

「……彦三郎さんに自分がしてもらったように」

ぎゅっと目をつぶる、口のなかでそうつぶやく。自分が彦三郎になった気持ちで、軽やかに、飄々《ひょうひょう》と、楽に生きられるように手助けができたら。

はる自身が、ひとりの力で立っているわけでもないのに、人に施しなんて何様だと、胸の内側で自問する。それでも、はるは、熊吉親子に手を差しのべずにはいられない。

——役に立つ、ご飯を。

ふうっと息を吸って、吐いて、戸をとんとんと拳《こぶし》で叩く。

「こんばんは。もぅし」

声をかけると、

「……誰だい？」

なかから怪訝《けげん》そうな声が聞こえた。熊吉の声だ。

「花川戸で『なずな』というお店をやっております。はると申します」

「え……」

ぎょっとしたような声を出し、熊吉が「なんで」と小声で続けた。

「……『なずな』って、熊吉がいつもお世話になっている……。どうぞ入ってください」

母親の声がする。

「おっかぁ。いいから寝てろってば」

「熊吉、戸を開けて」

親子は少しのあいだ言い合っていたが、観念したのか、熊吉が戸を開けてくれた。

行灯の明かりがぼうっと室内を照らしている。熊吉の母親は、奥に敷いた夜具の上で半身を起こし、はるに深々と頭を下げる。

「いつも熊吉がお世話になって。ありがとうございます」

やつれた頬が痛ましいが、優しそうな人であった。きゅっと眦の上がった目が熊吉にそっくりだ。

「いえ。お世話になっているのは、こっちなんですよ。熊吉さんは、わたしのこさえたご飯をいつも全部たいらげてくれて、それにどれだけ助けられたかわかりません。わたしがやらせてもらっている『なずな』は最初はお客さまがなかなか来てくれなくて、わたしの料理の腕じゃあどうしようもないのかなって落ち込むことが多かったんです。でも……熊吉さんだけは毎日わたしのこさえたものをきちんと食べてくれたから、それを支えにしてました。ありがとうございます」

熊吉がなにかを言い出す前に、立て板に水の勢いでとうとうとまくし立て、頭を下げる。こういうのはきっと勢いだ。

それに、これは本当のことだ。

石地蔵の前に置いてあった空っぽの皿に、ずいぶんと慰められたものである。

「お礼をしなくちゃと思っていたのに——なかなか来られなくて。熊吉さん、ごめんなさいね」

はるはそう言いながら、部屋のなかに上がり、包んだ布を開いて、なかからお重を取りだした。お重につめたのは天ぷらと、おにぎり。梅干しに、ぬか漬け。昆布豆ときんぴらごぼう。すべて、はるが作ったものだ。

中味を見た熊吉が「わっ」と声をあげた。

「どうぞ」

差しだすと、熊吉は、窺うようにはるを見上げる。懐かない野良猫の目をする熊吉に、笑顔を向ける。

お重に入れたときはまだあたたかかった天ぷらが冷めてしまっているのは、残念だけれど、それでも美味しいはずだった。

「天ぷらは、冷えちゃってるけど、でも火鉢で炙ってから、冷や飯に載せて出汁をかけて食べると美味しいはずよ。天ぷらの出汁茶漬け。もちろん揚げたてが一番いいに決まってますけど。――はい。これが、お出汁」

　そう言って出汁の入った竹筒の器を横に置く。

「あとこっちのは、米を砕いて、すった粉よ。これなら長火鉢ででもお粥が作れる。熊吉さんのおっかさんにはお粥のほうがいいと思ったから。この鍋、お借りしますね」

　へっついにある鍋を手に取り、細かく砕いた米に持参の出汁を入れた。長火鉢の火で鍋を炙ると、すぐにふつふつと沸き上がり、あっというまに柔らかい粥になる。

「熊吉さん、茶碗ください。ふたつね」

「あ……うん」

　熊吉はまくしたてるはるに飲まれたようになって、素直に茶碗を差しだした。

「はい。おっかさんに」

　粥をよそって梅干しを載せた。熊吉が茶碗と匙《さじ》を母の枕元へと運ぶ。

　何度もお礼を言う母親に「どういたしまして。わたしにはそれくらいしかできないから。あったかいうちに食べてくださいな」と返す。

　そうしながら、はるは、天ぷらを火鉢で炙り、鍋に出汁を入れて温める。茶碗によそった冷や飯を軽くほぐして、天ぷらを載せ、塩を少し振って、出汁をかける。

「はい。こっちは熊吉さんのぶん。食べて」

「あ、うん」

熊吉は疑り深い目をして、はるの手から茶碗を受け取って、少し離れた場所に座って天ぷら茶漬けを食べはじめた。ずずっと出汁を啜《すす》って、箸でかき込む。無言で食べるその様子から、美味しいと思ってくれていることは伝わった。

「それじゃあ、お重は明日『なずな』に返しに来てね。待ってるからね、熊吉さん。まだまだ儲《もう》けが少ないからお給金は出せそうにないけど……ご飯だけは出すからね」

「え」

目を丸くして聞き返す熊吉に微笑んで、立ち上がる。

はるは熊吉の母親に頭を下げ、熊吉の長屋を後にした。

往来はまだ人通りが多く、けれど闇《やみ》があたりを覆い尽くして人の姿も黒く塗りつぶされている。闇のなか、はるは、曇天《どんてん》に蓋をされた空を見上げ歩く。真っ暗だ。どこもかしこも真っ暗で、けれどあの雲の向こうにはいつだって輝く星と月があるのだと。

それを信じて、はるは『なずな』へと足を進めた。

第五章　年の市とふんわり雪見鍋

年の市の朝である。

まだ『なずな』は開店前で、はるは茶碗蒸《ちゃわんむ》しに使うための出汁《だし》を漉《こ》していた。澄んだ金色の出汁が器に溜《た》まり、鰹節《かつおぶし》のいい匂《にお》いが漂っている。

米も炊《た》いておひつにうつしたし、いつものおかずも仕上げた。昨日、評判がよかったから天ぷらの用意も少しだけ。

あとは暖簾《のれん》と行灯《あんどん》看板を出せば開店だ。

はたして本当に振りの客が来てくれるのか。作ったものすべてをきちんと売り切れるかどうか。

これこそすべては運かもしれない。

でも、だからこそ、良い運を手元に引き寄せるために考えて、動く。そうしているうちにきっと道は開けていくと信じるしかない。

治兵衛は今日もまだ来ない。

弱い気持ちになりそうなのをぐっと堪《こら》え、両手でぱちんと軽く頰《ほお》を叩《たた》き、ぎゅっと目をつむって胸いっぱいに息を吸う。

そのときだ。

ものすごい音をさせて障子戸《しょうじど》が開いた。

「ごめんなさい。まだ、はじまってないんですよ」

入ってきたのは、八兵衛と熊吉である。

熊吉の首根っこを八兵衛がとらえ、引きずっていた。その手から逃げだそうとしてじたばたと暴れる熊吉が両手で抱えているのは、布に包まれたお重と竹筒だ。昨夜、はるが熊吉の長屋に置いていったものである。

「はるさん、こいつが店の前を行ったり来たりしてたんだ」

「だからっ！　ものを返しに来ただけだって」

「そう言い張ってるが、声をかけたら逃げだそうとしたじゃねぇか。後ろ暗いところがない奴《やっ》は、あんなふうに逃げだしたりしないで堂々としてるもんと決まってんだ」

「それは……あんたが怖い顔をしてるからっ」

怒鳴りあいながらも八兵衛は熊吉を店の奥へと押し込める。逃げ道をふさぎ、ぐいぐいと追いつめていく様は、さすが岡《おか》っ引《ぴ》きだ。

はるは熊吉に駆け寄って「ありがとう」と、熊吉の手からお重を受け取った。ついでに開けっ放しの障子戸を閉め、振り返る。

はるが昨夜、熊吉に手渡した運が、ちゃんと『なずな』にやって来た。

年の市の朝に、これは、幸先がいい。

「熊吉さんが早くに来てくれてちょうどよかった。やってもらいたいことがあったんだ」

明るくそう言うと八兵衛が怪訝《けげん》そうにはるを見る。

「八兵衛さん、熊吉さんがお重を返しにきてくれたのは本当よ。さ、熊吉さん、いまからおにぎりこさえるからちょっと待ってて」

言いながら板場に戻り、手のひらに塩と水をつけ、手早くおにぎりをこさえていく。

皿に載るおにぎりを、熊吉がじっと凝視する。

「食べる?」

尋ねたら、熊吉は首を横に振った。

「じゃあ、お加代さんのところに持っていきましょう。おいで」

前掛けで手をぬぐって皿を持ち、もう片方の手で熊吉の手をとった。ぐっと引くと、熊吉が足を踏ん張り「それ、誰《だれ》?」とはるを睨《にら》み上げる。

「金平糖《こんぺいとう》、もらったんでしょ？」

熊吉がはっと息を呑《の》んだ。加代が誰であるかに思い当たったようである。

「あやまらないといけないこと、あるでしょ。おにぎり持ってさ、あやまってきましょう。大丈夫。お加代さんはあんたのこと許してくれる。あんたをいま捕まえてる八兵衛さんもだし、わたしもよ」

熊吉はいま言われたことを吟味するような顔をした。少しの間があき、抵抗を弛《ゆる》め、足をすっと前に出す。八兵衛がずっと捕まえていた熊吉の後ろ襟から手を放した。

「八兵衛さん、ついでに、ちょっとだけ店番しといてくださいい。頼みます」

返事は聞かず、はるは熊吉の手を引いて、店を出た。

裏長屋の加代のところまでは、歩いてすぐだ。

「なんで」

熊吉がそう聞いてきた。そのひと言にすべての疑問をつぎ込んだ「なんで」だ。

「今日がわたしのがんばりどころなの。『なずな』がちゃんとやっていけるかどうかの踏ん張りどころ。だから、熊吉さんが来てくれて本当によかった」

「よかったって……なにが」

「熊吉さんは、わたしを元気にしてくれたお地蔵さまの化身みたいなもんだしね。熊吉さんが今日来てくれればがんばれるって、今朝、石地蔵さまにお願いしたの」

普通に歩いたら、加代の住まいにすぐに辿《たど》りついてしまうから、一旦《いったん》立ち止まって、はるは無言のままの熊吉を横目でちらりと見る。

「ねぇ、掏摸《すり》はもうやめなさい。さっき八兵衛さんに捕まって、怖かったでしょう？　八兵衛さんは手心をくわえてくださったけど、他の岡っ引きの人たちはあんなに優しくなんてない。逃げきれると思ってても、きっとそのうち捕まって、ひどい目に遭《あ》う。あんたのおっかさんも悲しむよ」

「だって」

「……ごめん、給金出せるほどうちの店は稼いでないの。まだ、そこまではいってないけど、熊吉さんを雇えるように今日からたくさん稼ぐ。お給金は払えないけど、おにぎりはまた作る。地蔵さまにお供えしてるよりもっと大きいやつ」

再び、歩きだす。熊吉は、はるに引かれてのろのろと足を進める。

互いの話はちっとも嚙《か》み合っていないのだ。

それでもたぶん互いに言いたいことは伝わっている。

加代の住まいの前に着き、はるはおにぎりの皿を熊吉に渡す。

「なんで」

「ぶつかったお詫《わ》びもしてないし、金平糖のお礼言ってないでしょ」

はるは腰を屈《かが》め、熊吉の顔を覗《のぞ》き込む。熊吉はまだ迷うようにして目を泳がせている。どうしようかと悩みながら、それでもはるに手を引かれ、とりあえずここまで一緒に歩いてくれた。

いま、はるが熊吉にしてやれるのは、ここまでだ。

「お加代さん。はるです。おにぎりこさえてきました」

戸を開けると、加代は今日は腰がよくなっているようで、よろよろとだが立ち上がろうとしているところだった。

加代は「あら」と声を上げ驚いた顔で熊吉を見ている。

はるは、熊吉の背中をそっと押した。

熊吉は一瞬だけはるを見上げてから、加代に向かって、

「ごめんなさい」

と小さな声でそう言って、頭を下げた。

加代は「わざわざ」と笑って、熊吉を手招きする。

「おいで。そのおにぎり、一緒に食べよう」

「え」

だいたいのことはなにもわからないはるだけれど、加代ならばそう言うだろうと、これだけはわかっていた。

「一緒にいただきなさいな。わたしは『なずな』の支度があるから、ここで戻るよ」

はるは、戸惑う熊吉の背をもう一度押した。


熊吉と加代がおにぎりを頬張《ほおば》るのを見届けて、はるは『なずな』に帰ってきた。

戸を開ける前に、店のなかから笑い声と話し声が聞こえる。八兵衛だけのはずなのに、店のなかには他にも人がいるようだ。

戸を開けたはるの動きが、なかにいた人の顔を見て、止まってしまう。

なかにいたのは、彦三郎と治兵衛であった。

治兵衛はむっつりとした見慣れた閻魔顔《えんまがお》だ。

「治兵衛さん、腰は」

「もう平気だ。うちの膏薬《こうやく》はよく効くんだよ」

彦三郎はというと「俺《おれ》が顔を出さなくて、はるさん心配してたかな」と、はるの様子を窺《うかが》っている。

「あれ……そうでしたっけ。治兵衛さんは来てくれなかったけど、彦三郎さんのことは考えてなかったです……」

昨日はひとりでてんてこまいで忙しく、彦三郎のことには、まったく考えが及ばなかった。

「いい調子だよ、はるさん。そんくらいの気持ちで、とっとと彦のことを振り切るといい」

治兵衛が真顔で言いきった。

「え……いや、もともとわたしは彦三郎さんのことは」

へどもどしながら応じると、彦三郎が、

「とっくに、はるさんには、振られてますよ治兵衛さん」

と明るく言った。

八兵衛がまたもやげらげらと笑っている。

ああ、これは、と慌てたはるである。彦三郎の縁を頼って『なずな』に雇われ、彦三郎がまっとうになるまで『なずな』で働けと言われたのがここに来た最初の出来事で。

「だけど治兵衛さん――わたし、『なずな』で働きたいんです。昨日はやっと、直二郎さんの一日の帳簿と同じくらいの売上げになったんです。わたし、みんなに、わたしのご飯を食べてもらいたいんです。美味《おい》しくて、ちょうどいい、ご飯を作って、商いをしたいんです」

どうか……どうかお願いします。

はるは、治兵衛に頭を下げた。

「店にこのまま置いてください。続かなくていいなんて、言わないでください。お願いします」

治兵衛はしばらく無言だった。

ずっと頭を下げていたら、

「やらせてあげなよ。俺も毎日食べにくるからさあ」

と彦三郎がのんびりと言う。

「彦は金を払って食べたことがあるのかい？」

「あるよ。八っつぁんの倍くらいは銭を出してる。俺、最近、まともに仕事を引き受けて『なずな』で酒を飲めるくらいの稼ぎがあるんだ。えらいだろう？」

「えらかねぇよ。やっと普通だ」

治兵衛が鼻を鳴らしたが、彦三郎は平気な顔だ。

「それでさ、はるさん。昨日はちゃんと仕事をしててさ、ついでにうちでこれを描いてたんだ」

彦三郎が懐《ふところ》から紙を取りだし広げてみせた。

薄い茶色のとろりとしたあんがかかった茶碗蒸しの絵の横に踊るように書かれた『冬のあんかけ茶碗蒸し』の文字。二枚目は、湯気が立ってしっかりと煮込んだ鴨鍋《かもなべ》の絵に『あはせだしの鴨鍋』。散らした小松菜の緑が綺麗《きれい》な納豆汁には『こってり納豆汁』。

「こってりってのはどうかなと悩んだんだけどさ。献立の前になにかこう、想像しやすいもんをつけたほうがおもしろいなって」

どの絵も優しくて、そして美味しそうで、できたての湯気が紙から立ち上ってくるみたいに、あったかい。

「使ってくれよ」

「え……あの」

答えに困り、治兵衛を見た。

「……彦は、たまにそういういいことを勝手にするから」

治兵衛が彦三郎に向かってそう言って、腕を組む。

「いいことは勝手にしたっていいだろう?」

治兵衛は彦三郎に向かって口を開きかけ――しかしそのままなにも言わず、大きなため息をひとつ漏らして、はるを見て「わかったよ」とつぶやいた。

「わかったよ。はるさん。その献立を壁に貼《は》って、汚れるくらいまでのあいだは様子を見よう」

はるは胸の前で両手をあわせ、治兵衛を見る。

「ありがとうございます。がんばりますから」

目の奥がじわっと熱くなった。泣きたいくらい嬉《うれ》しい気持ちを抱えて頭を下げる。

「俺のおかげだね、はるさん。俺がまともに働いたご祝儀がわりなのかもしれねえ」

なぜか彦三郎が得意げに言うから、出かけた涙もすぐにすっと奥に引っ込んでしまったのだけれど。

「彦にご祝儀なんて渡すもんかね。これは、はるさんが、しっかり働いて、稼いでくれているからの信頼だ。馬鹿なこと言うんじゃないよっ」

「どういたしまして」

彦三郎の返事は軽やかだ。暖簾に腕押し。

「なにが、どうして、その返事だ。ひとことも誉《ほ》めてないんだっ」

治兵衛が手を振りあげて、彦三郎が「ひゃっ」と頭を両手で抱えた。

嘆息をひとつ漏らし、治兵衛が手を下げ、はるを見た。

「そういえば——はるさん、掏摸の子どもを捕まえたんだってね。八兵衛さんから聞いたよ。お加代さんのところにおにぎり持って連れていったって」

「はい」

そこにのっかるように続いて聞いてきたのは八兵衛だ。

「で、ガキはどうなんだい。あやまったのかい」

「はい。いま一緒にお加代さんのところでおにぎりを食べてます」

「そうか。あやまったか」

八兵衛が満足げにうなずいた。

「はい」

「はるさん、さっきから、大丈夫かい。言葉数が妙に少ないよ。もとからはるさん、そんなによく話すってほうじゃあないけどさ。疲れてるのかい。平気かい」

彦三郎がはるを気遣うようにして顔を覗き込む。

「そりゃあ、彦の馬鹿さ加減に呆《あき》れてるせいだ」

治兵衛が再び嘆息し、そう言った。

「そうなのかい」

「……はい」

うなずいてみせたら彦三郎が「そうか」と困った顔でしょげていた。


昼四つの鐘を聞き、障子戸を開いて、暖簾をかける。

今日は天気がいい。空は、澄んでいるけれど冷えて固い。額に手をかざし目を細めて見上げれば、風に千切られた白い雲が、高いところを早駆けしていく。

道の向こうから冬水夫婦が仲睦まじく歩いてきて、店の戸にはるが貼りだした献立に目を止める。ついさっき彦三郎が描いてくれたものである。

「なにか鍋が食べたいが鴨鍋って気分じゃあないなあ」

猫舌の冬水がひと言つぶやき、しげも考え込んでいる。

「雪見鍋はどうですか？」

はるが言うと、冬水としげが顔を見合わせた。

しげが冬水にしなだれかかり、冬水は「うむ」と首肯する。

暖簾をくぐり、小上がりにふたりで並んで座り、しげと冬水は徳利《とっくり》で酒を飲みだす。

つまみは、きんぴらごぼうに里芋の味噌煮転《みそに》がしだ。

「ちょっと思いたって、馬道《うまみち》のあたりまで足をのばしたらさ、人がすごかったわ。ねえ、あんた」

「ああ。毎年、年の市の前後は人が増える」

「そうなのよね。去年も年の市の日はどの店も混んでて、あったかいものを食べるのに難儀したって思いだしてね。まだ空いてるうちに『なずな』で鍋を食べて、満腹で幸せになって家でぐうたらしようってことで話がまとまったのよ」

七輪の上で煮立つ雪見鍋に仕上げの大根おろしをふわりと入れる。しげがうっとりとした顔で鍋を覗き込んでいる。

「この鍋は本当に雪を食べてるみたいだわあ。食べて美味しくて、見た目も綺麗ってのはいいもんよね」

しげの話を聞かずに鍋をつつきだした冬水は「聞いてる?」と、しげに睨《にら》まれた。甘くなったおろし大根をまぶした鶏肉《とり》に、ふぅふぅと息を吹きかけて冷ましている途中の冬水は「む」と目を白黒させた。

「あんたそういうところ、たまに子どもみたいになるわよね。ちゃんと冷まして食べるのよ」

「うむ」

熱々のふたりに溶けるはずのない雪見鍋の雪も、溶けて消えてしまいそうである。

しげが言ったように、次々と、暖簾をくぐって客が店のなかを覗き込む。

昨日ははるひとりだったから、客の様子に目を配る余裕なんてなかったけれど、今日は治兵衛がきっちりと采配を振ってくれる。

外は寒いのに、火を使うはるの側《そば》はほかほかと暑い。滲《にじ》む汗を手拭《てぬぐ》いで拭《ふ》いて、ふと店のなかを見渡す。

あれ、こんなに広かったんだこの店はと、そう思った。

そしてそれがこんなに狭く見えるくらいに、今日は人が座っている。

障子戸を開け閉めする度に、入れ替わる客、ひとりひとりの顔を見る。美味しそうに食べてくれている。無表情の人もいる。どんな顔をしていても、残さず食べてくれればそれだけで嬉しい。

銅銭をありがたくいただいて、頭を下げる。

また来てくださいねと、そっと願う。

ぱたりと客足が途絶え、静かになったのは――夕七つ（午後四時）の鐘のあと。

治兵衛が腰をさすりながら、床几《しょうぎ》にどっかりと座った。朝から働きづめで疲れたらしい。

彦三郎はというと、客から見えないへっついの脇《わき》に腰をおろし、絵を描いていた。描きだしたらすぐに熱中して、話しかけてもうんともすんとも言わなくなるのだからそこはたいしたものだと思う。見えるものを描くものだから、食べ物の絵ばかりが、彦三郎のまわりに重なっていった。

最後に、彦三郎は、治兵衛に頼まれた雪見鍋の絵を描いていた。踊るように書かれた文字は『ふんわり雪見鍋』だ。

「どうだい」

尋ねられた治兵衛は「いいんじゃないか」とうなずいた。

そのまま彦三郎は次の紙に、筆をおろす。さらさらと流れる筆先を見るともなく見つめる。描かれていくのは、人の姿だ。顔の輪郭のあとに描かれたすっきりとした目で、はるは、それが誰かがわかってしまう。

「寅吉兄さん……」

「目だけで、よくわかるもんだなあ」

彦三郎が感心したようにしてそう言った。

そんなのは、仕方ない。だって、わかってしまうから。

「はるさん、前の絵をなくしちまったたっけと思いだしてさ。熊吉が持ってるのかもしれないけど、ちょっと験が悪いやね。新しいのを描かせてもらうよ」

さらさらと出来上がっていく兄の寅吉の似姿を、はると治兵衛は黙って見ていた。

「はるさん、今度一緒に、また、この絵を持ってさ、あんたの兄貴を捜しにいこう。江戸にいたことだけはたしかなんだ。それに町人には使い道がない一両をはるさんに預けてよこしたってことはさ……きっと、どこか、いいところにいる。だって一両だ。金だよ、金」

町人が普段使うのは銅銭か、せいぜいが銀だ。金なんて持ってこられても釣り銭も出せないし使い道なんてないのである。

「あるいは、よくないところにいるのかもしれないけどさ……。でも堕《お》ちていっても、のぼれる。会えれば、きっとどうにか」

夢見がちでふわりと甘いことを言う彦三郎に、はるもまた、夢見がちでふわりと甘い返事をする。

「はい。『なずな』もまだしばらくやっていけそうですし。がんばって、捜します」

「おお、やっていけそうだよな。そうだよな、治兵衛さん？」

彦三郎が治兵衛に勢い込んでそう聞いた。

「ああ。この調子が続くなら、な」

むっつりとした顔のまま、それでもどこか優しい声で治兵衛が答えた。

「じゃあ、わたし、これも外に貼ってきますね」

はるは雪見鍋の紙を持って外に出た。

ぴゅうっと冷たい風が吹きつけて、はるの着物の裾《すそ》を揺らす。冬のお日さまが早足で空を駆け下りて、遠い場所で淡く光っている。

あと少しで日が暮れる。

夜になる。

はるのいまの居場所は、この店なのだと思う。ちょうどいいような気がしてと連れて来られて、本当にちょうどよく馴染《なじ》めているのかどうかはまだ少し不安だけれど。

「……なずな。一膳飯屋《いちぜんめしや》、なずな」

はるは、貼りつけた紙をそうっと指先で撫《な》でた。

本書は、ハルキ文庫（時代小説文庫）の書き下ろし作品です。

時代小説文庫
さ 28-1

思《おも》い出《で》牡《か》蠣《き》の昆《こん》布《ぶ》舟《ぶね》 はるの味《あじ》だより

著者 佐々木禎子《ささきていこ》
2021年10月18日第一刷発行

発行者 角川春樹

発行所 株式会社 角川春樹事務所
〒102-0074 東京都千代田区九段南2-1-30 イタリア文化会館

電話 03(3263)5247[編集] 03(3263)5881[営業]

印刷・製本 中央精版印刷株式会社

フォーマット・デザイン&シンボルマーク 芦澤泰偉

ISBN978-4-7584-4438-5 C0193

http://www.kadokawaharuki.co.jp/[営業]
fanmail@kadokawaharuki.co.jp[編集] ご意見・ご感想をお寄せください。

髙田郁の本

八朔《はっさく》の雪

みをつくし料理帖

料理だけが自分の仕合わせへの道筋と定めた上方生まれの澪。幾多の困難に立ち向かいながらも作り上げる温かな料理と、人々の人情が織りなす、連作時代小説の傑作。ここに誕生!! 「みをつくし料理帖」シリーズ、第一弾!

花散らしの雨

みをつくし料理帖

新しく暖簾を揚げた「つる家」では、ふきという少女を雇い入れた。同じ頃、神田須田町の登龍楼で、澪の創作したはずの料理と全く同じものが供されているという——。果たして事の真相は? 「みをつくし料理帖」シリーズ、第二弾!

今村翔吾の本

童の神

平安時代「童」と呼ばれる者たちがいた。彼らは鬼、土蜘蛛《つちぐも》、滝夜叉《たきやしや》、山姥《やまんば》……などの恐ろしげな名で呼ばれ、京人《みやこびと》から蔑まれていた。一方、安倍晴明が空前絶後の凶事と断じた日食の最中に、越後で生まれた桜暁丸《おうぎまる》は、父と故郷を奪った京人に復讐を誓っていた。様々な出逢いを経て桜暁丸は、童たちと共に朝廷軍に決死の戦いを挑むが――。皆が手をたずさえて生きられる世を熱望し、散っていった者たちへの、祈りの詩《うた》。第10回角川春樹小説賞受賞作＆第160回直木賞候補作。多くのメディアで話題沸騰。（9刷！）

単行本